Vodu urbano

Edgardo Cozarinsky

VODU URBANO

Prefácio
Susan Sontag

Tradução
Lilian Escorel

ILUMI//URAS

Título original:
Urban Voodoo

Copyright © 2000:
Edgardo Cozarinsky

Copyright © desta tradução e edição:
Editora Iluminuras Ltda.

Capa:
Fê
Estúdio A Garatuja Amarela
sobre foto de Jota Correia, modificada digitalmente.

Revisão:
Ana Teixeira

Dados Internacionais de Catalogação na Publicação (CIP)
(Câmara Brasileira do Livro, SP, Brasil)

Cozarinsky, Edgardo, 1939-
 Vodu urbano / Edgardo Cozarinsky ; prefácio
Susan Sontag ; tradução Lilian Escorel. —
São Paulo : Iluminuras, 2005.

 Título original: Urban voodoo
 ISBN 85-7321-146-6

 1. Ficção argentina I. Sontag, Susam.
II. Título.

05-5738   CDD-ar863

Índice para catálogo sistemático:
1. Ficção : Literatura argentina   ar863

2005
EDITORA ILUMINURAS LTDA.
Rua Oscar Freire, 1233 - 01426-001 - São Paulo - SP - Brasil
Tel.: (11)3068-9433 / Fax: (11)3082-5317
iluminur@iluminuras.com.br
www.iluminuras.com.br

ÍNDICE

NOTA DA TRADUÇÃO 7
Lilian Escorel

A COSMÓPOLE DO EXILADO 9
Susan Sontag

A VIAGEM SENTIMENTAL 15

O ÁLBUM DE CARTÕES-POSTAIS DA VIAGEM
(Early Nothing) 41
(Fascist Lullaby) 47
(Star Quality) 51
(Madeleine Creole) 57
(Shangai Blues) 65
(Glad Rags) 73
(Cheap Thrills) 81
(Painted Backdrops) 89
(Shoplifting Casualties) 95
(Babylone Blues) 101
(Fast Food) 107
(Welcome to the 80's) 113
(One for the Road) 119

NOTA 125
Edgardo Cozarinsky

Sobre o autor 127

NOTA DA TRADUÇÃO

Lilian Escorel

A presença de explicações neste livro é de certo modo um contra-senso, já que Vodu urbano *é o domínio por excelência da interrogação, do sentimento vago, do nome indefinido, do sujeito indeterminado.*

Mas esta breve nota só serve para explicar o que ao longo do texto não deve ser explicado nem traduzido. Porque na condição de leitor fiel, o tradutor tem de reproduzir as intenções e regras do autor.

Aqui, nosso autor quis deixar em tom bem forte a marca do estrangeiro. Como ele próprio relata em sua nota final, a idéia de escrever primeiro o livro em inglês — a segunda parte — e depois passar para o espanhol, ancorou-se na vontade de anular a noção de um original, de uma língua autorizada, dominante, nacional.

Nesse desígnio, o autor usou a língua do exilado, uma língua transnacional, que deixa perceber "os sedimentos e as impurezas do estrangeiro", como bem define Susan Sontag em seu prefácio.

Daí a profusão no corpo do livro de nomes e expressões em línguas diversas: italiano, francês, espanhol, alemão, inglês, etc. Estes certamente não podem ser traduzidos nem muito menos explicados em notas de rodapé. Entram no corpo do texto destacados em itálico. Tal como o exilado da cidade moderna, o leitor, se não compreendê-los segundo o contexto, deverá guardar a sonoridade da palavra trancada: estrangeira.

Depois, se for curioso, poderá buscar o auxílio de um dicionário, um guia de cidades, um atlas, um livro de culinária, alguma pista para descobrir, por exemplo, que lukum *é uma guloseima turca;* merguez, *uma salsicha muito comum nos países do norte da África, feita com carne de vaca e muito condimentada; e* dazibao, *um informe que, nos tempos da revolução cultural na China, se pregava nas paredes sem passar pela censura do Partido.*

São em sua maioria nomes que podem estar em placas, luminosos, néons, placares eletrônicos, letreiros, cartazes, cardápios, seções de lojas de departamento, gôndolas dos supermercados, etc: letras em exposição na urbe.

Por último, no rastro do autor, mantive os títulos dos postais entre parênteses e em inglês, tal como o fez em sua tradução espanhola. O leitor se vê assim na posição do sujeito narrador (um viajante-exilado), que para penetrar na paisagem à sua frente — a do cartão-postal — se depara com placas e nomes que tem de decodificar. É o leitor no exílio, que lê a língua do exílio.

A COSMÓPOLE DO EXILADO

Susan Sontag

Vodu urbano é um livro de exilado. Um livro eminentemente cosmopolita e, portanto, transnacional. E, no entanto, em sua cultura orgulhosamente livresca, em sua relação nada ingênua com a noção de língua nativa, ele parece bem argentino: a Argentina, em certo sentido, como um país transnacional, com ideais culturais cronicamente deslocados, administrados por uma classe alta anglófila e gerações de artistas e escritores radicados em Paris. A tradição modernista das letras argentinas desfrutou da erudição, foi caprichosa e calculada a um só tempo: literatura sobre literatura, que supõe a biblioteca universal. O maior escritor de língua espanhola de nossos tempos foi um argentino que aprendeu a ler em inglês antes mesmo do que em espanhol, e leu *Don Quixote* primeiro numa tradução inglesa; alguém que, embora tenha decidido tornar-se Jorge Luis Borges em vez de George Borges, nunca deixou de insistir que era um epígono da literatura inglesa.

Cozarinsky é um borgiano tardio cujas maiores referências literárias — com exceção de Borges — tampouco são espanholas, mas sim francesas, alemãs, russas; autor que levou até mais além o princípio da duplicidade lingüística e a arte do deslocamento cultural. *Vodu urbano* é antes de mais nada um livro deslocado pois carece de um idioma "original". Só a primeira parte, "A viagem sentimental", foi escrita em sua língua materna: o espanhol. (Não posso deixar de ouvir nesse título uma homenagem, deslocada, ao autor da obra de literatura inglesa que mais influência exerceu não só sobre os escritores modernistas de língua espanhola, mas também sobre os escritores da Europa central e do leste: *Tristam Shandy*.) A segunda parte, conforme Cozarinsky explica em nota no final do livro, foi escrita numa língua que ele chama "inglês de estrangeiro". Embora trilingüe exemplar, o autor não é um desses raros virtuosos lingüísticos, como Beckett, Nabokov e Cabrera Infante, que escrevem igualmente bem (e com o mesmo ardor) em duas ou mais línguas. Para Cozarinsky, o apelo literário de sua segunda e terceira línguas — o inglês e francês — se deve em parte ao grau que elas retêm do sedimento, das impurezas do estrangeiro.

Vodu urbano pertence a diversos "metagêneros" centrais da literatura modernista. O primeiro é a descrição, cética, semi-alucinada da irredutível estranheza da vida moderna na cidade. Outro é o tratado sobre o exílio. O vagar urbano de uma consciência solitária e refinada costumava ser antes de tudo uma forma de penetrar nas baixas esferas sociais. Mas uma vez atenuado o opróbrio moral vinculado ao gozo do kitsch e à busca do sexo instantâneo, o *flâneur* de hoje já não tem mais experiências "baixas", senão meramente "rápidas". A forma literária apropriada ao consumidor de experiências rápidas, experiências pelas quais se passa, é o cartão-postal, tal como Cozarinsky denomina os textos breves que compõem seu livro. Não são contos, e sim cartões-postais: a escritura do turista.

À margem dessas ironias, a definição "cartão-postal" sugere algo mais: um cartão-postal compreende tanto palavra quanto imagem. Como um filme. Cozarinsky, cineasta convertido em escritor ou escritor convertido em cineasta, produziu aqui um álbum de cartões-postais feito só de palavras. Mas seus postais bem poderiam ganhar forma visual; na verdade, essa possibilidade já se vislumbra nas seqüências mais audazes de seu primeiro filme de ficção, feito em Buenos Aires, *(puntos suspensivos)*, ou em seu mais recente filme de montagem, *La guerre d'un seul homme*, sobre a ocupação de Paris pelos nazistas.

A sensibilidade do escritor parece ter sido reforçada pela do cineasta formado na era de Godard. Assim como Godard disse que queria fazer filmes de ficção que fossem como documentários e documentários que fossem como filmes de ficção, Cozarinsky quis escrever estórias (autobiográficas) que fossem como ensaios, ensaios como estórias. O uso pródigo de citações em forma de epígrafes me faz pensar naqueles filmes semeados de citações de Godard. Da mesma forma em que Godard, diretor-cinéfilo, fez seus filmes de, e sobre, seu romance com o cinema, Cozarinsky fez um livro de, e sobre, seu romance com alguns livros. Algumas das evocações de uma cidade fantasmagórica são poemas em prosa, como *Le spleen de Paris* de Baudelaire; outras são romances, como *Petersburg* de Biely, ou fantasias em prosa, como *Nadja* de Breton e *Le paysan de Paris* de Aragon; outras ainda são ensaios, como as ruminações sobre as galerias e as grandes lojas de departamento de Paris por Walter Benjamin: aquele Benjamin que se inspirou em Baudelaire e nos surrealistas, conhecedor da montagem e das citações.

A Buenos Aires de Cozarinsky (o passado local) e Paris (seu presente cosmopolita) são, ambas, capitais de uma nostalgia retroativa e pressentida. A avidez vulgar e ilícita e as proezas carnais do *flâneur* contemporâneo são em grande parte transações mentais, uma espécie de literatura ou cinema vividos. Enquanto a cidade moderna continuar sendo um empório de desejos, aqueles encantamentos impuros estarão saturados de um gosto antecipado de sua própria finitude. Tanto mais necessário, então, o vodu do escritor, que conjura o passado para intensificar desejos não apaziguados e também para exorcizá-los.

VODU URBANO

Para Sara. Para Miron.

A VIAGEM SENTIMENTAL

Ontem à noite, procurando uma radiografia que obviamente havia extraviado, passou quase uma hora enterrado numa caixa cheia de papéis raramente expostos à luz do dia; um monótono emaranhado de contas de luz e gás, horários de trem e folhetos publicitários de hotéis. Entre eles achou uma passagem de avião que pôs automaticamente de lado: pensou arquivá-la mais tarde junto com outros documentos que, com mais sorte do que astúcia, poderiam lhe propiciar uma dedução no imposto. Desesperançado, devolveu finalmente toda aquela papelada ao purgatório comum, exatamente como fizera outras vezes ao longo dos anos, sem se atrever a lhes dar um lar novo e transitório no cesto de lixo.

Um rápido golpe de vista informou-lhe que a passagem era velha demais para lhe render algum reembolso e revelou ainda que a última página, não usada, permanecia no folheto. Só então, com uma pontada aguda e penetrante como um choque elétrico, é que se deu conta de que essa era a passagem com a qual "havia partido": a última página correspondia à volta nunca feita de um vôo ponto a ponto Buenos Aires-Paris, pago adiantado.

Como a lembrança de uma doença curada já há muito tempo, recordou os escrúpulos de sua atitude prudente — cascas e migalhas de uma educação sensata, ansiedades e temores de uma identidade agora descartada: mesmo no momento de tomar uma decisão angustiante, diante de um caos iminente, ele era capaz de investir (o que naquele momento lhe parecia) uma soma considerável para ter garantida a possibilidade da volta: "só por via das dúvidas..."

Paris-Buenos Aires. Open. Classe turística. Limite de bagagem: 20kg. Não válida depois de...

Sim, quase um ano depois de comprá-la, sabendo que não voltaria mais (mesmo que nunca tivesse se decidido a esse respeito: como quase sempre acontece, chegara ao que outras pessoas podiam ver como uma decisão definitiva através de uma série de gestos insignificantes, quase imperceptíveis), passou no escritório da companhia aérea em Paris para verificar se podia recuperar o dinheiro ou trocar a última página pela milhagem equivalente em outra direção. Com uma cortesia invulnerável, o agente da companhia explicou que as contínuas desvalorizações da moeda argentina (essa conversa deve ter ocorrido mais ou menos em fins de 75) os obrigavam a observar uma rígida política de não-conversão. Levou um tempo para traduzir aquele jargão administrativo e perceber que podia recuperar o dinheiro, não nos dólares fortes (exigidos pela Associação Internacional dos Transportadores Aéreos) com que comprou a passagem, mas sim na quantia de pesos, já debilitadíssimos, com que havia comprado aqueles dólares... Horas mais tarde, de uma ligação internacional para a mãe, soube que a tal quantia, apenas meses depois de paga a passagem, mal dava para comprar um par de sapatos em Buenos Aires ou, quando muito, um álbum, em nada desprezível, de três fitas cassetes: *Grandes damas na história do tango*.

Sem emoção, com certa curiosidade pela pessoa pretérita que a passagem de algum modo parecia lhe revelar, examinou o folheto, ou, antes, a página que restara. Por um segundo, reconheceu um de seus reflexos de arquivista de museu tentado a emoldurá-la... Mas venceu seu velho eu supersticioso: minutos mais tarde lá estava ele olhando os restos da passagem, entre chamas e cinzas, desaparecer na privada.

Mais tarde, na mesma noite, fez uma pausa no trabalho e foi olhar na janela.

O *tabac* da esquina continuava barulhento e cheio, ainda que todas as outras luzes da rua já tivessem se apagado: nem ao menos o losango de néon cor púrpura era visível. Depois de redobrar esforços, sem grande convicção, para avançar numa tradução para o espanhol de Leiris — *Da literatura considerada como tauromaquia* —, desistiu e aceitou o fato de que, na verdade, estava era com vontade de sair para beber.

Era uma dessas noites agradáveis, tão raras em Paris, quando o calor do verão, aliviado por uma brisa fresca, permite ficar fora na calçada, sentado numa mesa de café com camisa de manga curta, até bem tarde da noite. O *tabac* da esquina parecia estranhamente animado para o 20º *arrondissement*. As vozes e os ruídos dali — excêntricos mas vagos — agrediram-no como um rádio ligado no máximo. Só depois de não conseguir encontrar um lugar ali fora e de ficar hesitante na entrada é que notou a considerável renovação por que o lugar tinha passado. Haviam, por exemplo, desaparecido as intricadas luzes de néon e o reluzente balcão de cobre, as mesas com tampo de madeira, e, sobre o caixa, as letras pintadas de branco que anunciavam no espelho um *plat du jour* que nem todos os dias era variado.

O lugar parecia renovado, sem dúvida, num estilo de fórmica brilhante e iluminação indireta. Mas também estava familiar, de uma maneira que ele não conseguia precisar. Algo lhe sugeriu uma pista: o letreiro luminoso sobre a porta de entrada não mais anunciava Stella Artois, Rainha das Cervejas Belgas, mas sim os cafés e chás Alabama, uma marca que parecia a caminho de substituir o nome original do café, ainda visível, embora muito mal, na parede escura onde estava fixado o letreiro elétrico. Atrás do néon, ainda dava para decifrar, contra as quatro folhas verdes de um mostrador com pintura sobreposta, as palavras *El Trébol*.

Sentiu-se tomado de incredulidade, breve mas mais intensa do que estas linhas que estou escrevendo, talvez ainda maior do que a mais admirável proeza sintática. Aturdido e confuso, cedeu à suspensão da dúvida que o assolava: lá vinha Guilhermo, sorridente, abraçá-lo e levá-lo, como se envolto em seu abraço, em direção a um carro parado na esquina.

— Só você mesmo para voltar sem nem avisar ninguém... Tudo bem, está descoberto: *pego*!

Com as mãos abertas, varre o ar da esquerda para a direita como se quisesse descrever o tamanho de manchetes escandalosas em um tablóide vespertino.

— Pensamos tanto em você no último outono... Elisa e eu passamos uma semana em Paris, quisemos ligar para você, alguém havia nos dado seu telefone, deve ter sido o Emílio, mas você já não estava mais naquele número. — Seus braços envolvem o amigo reencontrado — Que bom vê-lo de novo!

Murmura algo, palavras aproximadas, que não o distraiam, absorto que está pela magnitude do cenário e pelos efeitos deslumbrantes da iluminação que devem ter exigido centenas de eletricistas experientes para serem construídos em apenas alguns segundos: toda a avenida Santa Fé se estende diante da Mercedes conversível, e as luzes se refletem em sua lustrosa carroceria (na melhor tradição dos efeitos cinematográficos "*city by night*"), enquanto o carro passa por entre inúmeros figurantes que, com o ar despreocupado, cobrem as calçadas ou se sentam nas mesas de café no calor de uma noite que ele finalmente reconheceu.

— Vamos lá em casa fazer uma surpresa para a Elisa. Temos que beber para comemorar. — Por um momento esquece de suas respostas pouco convincentes. Não sente a menor necessidade de justificar o fato de estar ali, como se o esforço para encobrir a perplexidade simplesmente a tivesse eliminado. Improvisa algumas observações para indicar: sua exaltação? seu entusiasmo? Lança mão de alguns clichês, ainda que sinceros, para dizer que Guilhermo não mudou nem um pouco (enquanto no espelho retrovisor se depara com sua própria calvície, com as rugas que marcam seus olhos), antes de cair numa dessas perguntas vagas, do tipo "Como vão as coisas?", quase inevitáveis depois de anos ao abrigo do intercâmbio cotidiano de trivialidades.

Mas Guilhermo nem parece notar.

— Você ainda não esteve em nossa casa nova, não é? Claro que não, esqueci que você partiu já faz tanto tempo: não sei, não parece verdade... Mudamos no ano passado. Para as crianças é ótimo: batemos na madeira!, esperando que a varanda e a piscina lhes tirem da cabeça a idéia de ir para a rua. Você não vai reconhecê-las: Mariano já está com onze anos, Maria Marta, sete. Mas quero saber o que anda fazendo, não vai escapar daqui sem nos contar. Sei que está escrevendo, também que... O título está me escapando... Um de seus filmes passou no Festival de Cannes, não foi? Lemos algo no jornal. Bárbaro!

O espetáculo da cidade é tão hipnótico que ele não consegue nem responder. Tudo que costumava lembrar durante anos está ali, tudo fielmente reproduzido no mínimo detalhe, e o resultado é a verossimilhança de um sonho, inquietante como provavelmente seria um desenho animado hiper-realista... Mas talvez Guilhermo nem tivesse esperando que ele respondesse. Supõe pelas boas-vindas que o amigo projeta nele um personagem previsível. Ainda não consegue distingui-lo bem; melhor então andar com cuidado para não ultrapassar as demarcações de giz que lhe foram designadas. Guilhermo sorri e uma sombra de melancólica cortesia colore sua voz:

— Não imagina como o invejo toda vez que penso em você... É verdade, embora possa lhe parecer estranho. Você está fazendo tudo aquilo que queria fazer, trabalhando no que gosta, não deve satisfação a ninguém, é seu próprio chefe. Está vivendo a vida de um artista!

Finalmente! Encontra-se, por fim, com seu personagem e já não precisa mais preencher lacunas. Aliviado, percebe que não precisa confessar que não sabe como vai pagar o aluguel do próximo mês se também pagar a conta de telefone... Suspeitará Guilhermo de algo? E isso, por acaso, teria alguma importância? Tenta improvisar uma resposta, algum comentário verdadeiro e que ao mesmo tempo não seja humilhante para ele nem condescendente para Guilhermo. Mas já estão na Libertador, passaram o Museu de Belas Artes, e param em frente a um prédio residencial que não estava ali quando ele se foi.

Guilhermo sorri para a câmara que vigia o *hall* de entrada. Ele aproveita o silêncio momentâneo para lhe dizer que há algumas semanas o crítico de cinema do *Times* de Londres lembrara com entusiasmo o primeiro, e até agora único, filme de Guilhermo, exibido em um festival oito anos atrás. Não obtém resposta e já vai engatando mais uma conversa fiada, que as pessoas ainda que não se vejam não se esquecem, quando Guilhermo volta a falar.

— Elisa vai ficar surpresa!

Não falou como se estivesse interrompendo alguém. Tampouco parece se dar conta de que cortou o amigo. Na verdade, fala como se ninguém estivesse falando antes dele. Será que não o ouviu? Estão um na frente do outro no elevador...

— Chegamos! — anuncia Guilhermo quando a porta desliza com um leve chiado para revelar a sóbria entrada de uma cobertura.

Elisa responde no ato ao "Adivinha quem está aqui?": aparece e corre para abraçá-lo. Só então a reconhece: viram-se bastante durante aquele incrível final dos anos 60, muito provavelmente quando ela "dançava acompanhada de silêncio" no Instituto Di Tella. (Também lembra que naquela época ela estava casada com um músico de *free jazz*, tido como desaparecido poucos anos depois.) Ela parece, se é que é possível, mais jovem, quase diáfana, e o cabelo, embora curto, está com o mesmo tom castanho avermelhado de então.

— Você tem de me contar tudo — sussurra em seu ouvido enquanto se abraçam, como se estivesse marcando um encontro clandestino com ele.

O torpor se atenua e ele começa a se sentir mais à vontade. Eles o escutam, eles o adulam. Fica mais confiante. Conta. O quê? Nada de penúrias obscenas, é claro; no máximo, algumas dúvidas, uma incerteza ocasional. Sem espanto, eles sorriem, fazendo-o sentir que realmente entendem como ele se sente, que apreciam de fato sua franqueza. É Elisa quem se precipita primeiro.

— Mas... Não é o privilégio, ou o luxo, de viver em Paris que lhe permite ser... vamos dizer... pobre?

Guilhermo a interrompe.

— Ora, vamos. Você sabe muito bem que ele nunca realmente tentou, nunca se interessou de fato em fazer fortuna. Seus sorrisos aumentam e endurecem, os olhos ficam mais brilhantes, os olhares mais penetrantes. É por isso que gostamos tanto de você!

Atrás de uma janela grande as luzes da cidade pontuam a escuridão até onde a vista alcança; atrás de outra, o rio se estende, calmo, silencioso, embaixo de uma lua cheia. Pisou em algo mole, que reage a seu contato, e dá um pequeno salto para trás. No pé da cortina, quase afogada no tapete finlandês peludo, uma boneca do tamanho de uma menina de cinco anos olha-o com malícia. "Meu nome é Miami Lulu e falo espanhol. E você, como se chama?" Atônito, já está quase respondendo quando volta a si e começa a rir. Elisa sorri, mas não parece achar a menor graça.

— Essa coisa horrível! Todas as colegas da escola têm uma e não houve meio de dissuadi-la...

Faz um gesto vago de impaciência. Guilhermo entra em cena para acudi-la com as palavras certas.

— Temos de brindar à volta do viajante.

Voltaram para o carro, e estão percorrendo a Libertador. Uma brisa, que parece inebriante, bate na sua cara. De repente, ele se dá conta de que, em momentos diferentes, tanto Guilhermo quanto Elisa conheceram Marcos. Pergunta se sabem o que aconteceu com ele. A última notícia que teve foi que sua mãe fora ver um arcebispo que tinha bons contatos no exército e sugeriu que Marcos talvez não estivesse morto, mas sim cumprindo uma pena indeterminada num campo de prisioneiros em Córdoba. Mas isso já tinha acontecido há dois anos e desde então não tiveram mais notícias dele.

Pararam num cruzamento de avenidas perigoso e esperam o farol abrir. Outros carros buzinam e seus amigos não o escutam. Quando o carro volta a andar, pouco depois, já se esqueceram de sua pergunta.

Agora, cercados por uma multidão loquaz, estão sorvendo Blue Lagoons debaixo de toldos de lona listrados, em algum canto das várias quadras de calçadas cobertas de mesas ao ar livre. Um arco-íris de luzes de refletores incididas nos troncos das árvores embebe-os em intenso tecnicolor.

— Ai, meu Deus, meu sócio está aí. — Guilhermo abafa um gemido.

Elisa mostra seu lado sensato: "Não seria melhor cumprimentá-lo e encará-lo sem medo?"

— Claro — murmura Guilhermo, mas não acena com a cabeça nem se levanta. Dá, antes, um sinal da vida profissional: "Amanhã tenho de mostrar a ele a primeira propaganda da campanha Purina Felina. Dei uma olhada nela algumas horas atrás e, francamente, acho que não é o que estamos querendo."

Elisa, solidária, sugere um olhar de preocupação. Ele pega a deixa e tenta imitá-la. O silêncio desce e paira sobre eles por alguns segundos; o vácuo é preenchido por uma música *disco* (de algum *jukebox* vizinho?, de um carro estacionado ali perto?)... Ele escuta a si mesmo, interferindo naquela batida constante e tenaz, pedindo licença.

A razão é que em meio a todas aquelas *t-shirts* importadas, penteados *art déco* e ombros bronzeados, ele reconheceu Laura, que sai de um Torino cor pistache e avança em direção a uma mesa vazia. Planta-se no seu caminho, mas ela não o reconhece de cara e tem de perguntar o seu nome. Será medo isso que vê flamejando em seus olhos? Como se pudesse ler seus pensamentos, ela bem rápido o abraça, mas não fala nada. Ele pede que o tire dali, que o leve para outro lugar, qualquer lugar. Ela aperta sua mão, sorri, consente.

Só fala minutos mais tarde, depois de deixar o gueto classe alta para trás, quando chegam a uma zona menos barulhenta da Libertador. Ele reconhece o perfume de árvores no ar.
— Quando você voltou?

Há apenas algumas horas, diz a ela, e retoma a sensação de irrealidade, o sentimento de que uma vez mais será ardilmente distraído por algum detalhe, um pedaço de informação: agora são nomes de ruas — Serrano, Las Heras — que cintilam ocasionalmente no meio da folhagem escura, ou um bar iluminado numa esquina: só algumas mesas, mas aberto até tão tarde...
— Aonde você quer ir?

Não consegue pensar num lugar particular e pede-lhe apenas que estacione em qualquer lugar. Ficam sem falar por um momento, escutando um silêncio denso de murmúrios indecifráveis, seguindo com os olhos um transeunte até que a distância o apague ou que uma porta de entrada inesperadamente o faça desaparecer.

Sem olhar para ele, começou a falar com uma voz baixa, sem emoção.

— Quantas vezes não odiei você, imaginando quão satisfeito deveria estar com o modo como as coisas acabaram acontecendo... Você nunca acreditou que pudesse haver alguma mudança, parecia orgulhoso em ficar imune a tanta promessa, a tanta felicidade, à mera possibilidade... Olhava-nos com ceticismo, com um daqueles sorrisos retrospectivos que você gostava de pôr na cara...

Mesmo escutando-a, tentando entender o que a impeliu a desenterrar tudo aquilo, cada palavra se transforma num irresistível tapete mágico, decolando para uma Arcádia particular. E é assim que ele volta a visitar alguns dias de 1970, imagens e sons de uma era abolida, que de repente se acende, enquanto os *sets* abandonados se enchem de multidões fantasmagóricas e réplicas de diálogos arquivados. Conectados por uma montagem bem livre e um único *play-back*, vê desfilar uma série de incidentes, seqüências que, agora, surpreendentemente, lhe parecem menos gloriosas do que para os atores que as interpretam, ainda que um deles tenha sido ele mesmo, ainda que ao longo dos anos ele tenha quase sempre evocado alguma frágil alegria associada àquela época. Então, como a pré-estréia de uma pretérita próxima atração, numa já desbotada cor *De Luxe*, ele desempoeira noites que passou dançando com amigos, menos animados com a erva do que com *Jefferson's airplane* (ou era *Iron butterfly?* ou *Tangerine dream?*): ele, que adolescente era incapaz de acompanhar os passos prescritos para danças de par, só já bem nos seus vinte anos se deixaria aprender com os anos 60 que os movimentos podiam ser inventados, sugeridos pela música, simplesmente olhando para quem dança na sua frente, ou na frente de outra pessoa, estando aberto para estar em par ou em grupo ou sozinho, e mais tarde voltar para casa, para a casa de alguém, já que nem sempre era a mesma pessoa, e talvez fazer amor ou simplesmente escutar Janis, ou as duas coisas, e cair no sono (uma hora?, duas?) antes que um despertador tocasse às cinco e Laura escolhesse suas roupas mais anônimas, improvisasse um café instantâneo com a água quente da torneira, e pegasse um táxi que lhe custaria uma fortuna para levá-la a alguma fábrica na periferia da cidade, onde chegaria justo a tempo de distribuir seus panfletos trotskistas para o turno da manhã, e logo em seguida voltar para casa e retomar imediatamente o sono interrompido.

Ela ficaria ali dormindo, num sono profundo, até horas mais tarde, enquanto ele se levantaria, tomaria um banho, se barbearia, tomaria café sem se preocupar em não acordá-la, fazendo barulho até mesmo de propósito, para em seguida ir à editora onde o aguardava um trabalho, algo com que não tinha de se preocupar, já que era provisório e porque ele se resguardava (até naquela época!) para aquelas coisas maiores e melhores que a vida lhe reservava. Ela lhe telefonaria à tarde para saber onde iriam comer; se ele tinha recebido ingressos para alguma estréia, talvez para lembrá-lo de uma festa à qual não comparecer seria um erro fatal.

Quanto tempo durou? Semanas? Meses? Um ano? Tudo volta agora com a nitidez de uma única noite, e, ao mesmo tempo, com tanta riqueza de personagens e situações, como se tivesse durado quem sabe quanto tempo... Como aquilo tudo parecia frágil hoje! Vidros coloridos sobre lata, grinaldas de papel entre paredes brancas, sem os efeitos estereofônicos que conseguiam transformar aquela realidade banal em ficção de verdade... Envergonhado mais uma vez de contaminar sua emoção com reminiscências literárias (James e *the real thing*, Auden sobre o poder emotivo da música popular), ele tenta se concentrar nessa Laura atual que está ao seu lado, nessa voz sem ênfase, cujas palavras buscam feri-lo e que até conseguiriam se não fossem dirigidas a um longínquo dublê de sua pessoa.

— Que obscena satisfação você não deve ter sentido com suas desconfianças, quando o tempo lhe provou que você estava certo!

Como lhe mostrar que sua frase "o modo como as coisas acabaram acontecendo" não lhe trouxe uma satisfação pessoal, embora a queda de umas quantas auto-eleitas eminências pardas possa ter-lhe alegrado? Mas este não é o momento de lembrar que durante alguns meses seus companheiros impuseram na universidade o estudo da prosa apócrifa de Eva Perón como literatura, que o casamento das palavras "nacional" e "popular" haviam gerado intermináveis e pomposos abortos culturais. Prefere perguntar como ela viveu durante "a transição".

Meu pai conseguiu limpar minha ficha. Você sabe, ele está envolvido na missão econômica em Washington. Também pagou para salvar o nome do meu irmão que andou metido em grupos armados em Roma e Madri: até ele, tonto como sempre foi, acabou percebendo que não tinha mais nada a fazer, e agora está de volta. Até que acabou se virando muito bem...

Após um momento de silêncio, ela acrescenta:

— Então, você voltou para nos espiar...

Seria ela capaz de entender se ele confessasse que, longe de espiar, o que está é deslumbrado com essa Atlântida imersa, que, por um milagre, vê ressurgir do oceano noturno, convocada por algum passe de mágica que ele não solicitou? Por mais quanto tempo se oferecerão à nostalgia essas ruas que costumavam despertar não mais do que sua indiferente distração? Não consegue detectar nenhum traço esverdeado de musgo nas fachadas (haverá prédios atrás?), nenhum sinal de incrédulo sonambulismo nos figurantes. Se quisesse — diz a si mesmo —, poderia tocá-los. Mas será que conseguiria? Ousaria estender a mão? E mesmo se o fizesse, o que estaria provando com isso? Que é mais real do que eles? Talvez um estranho poder lhe tenha dado esta única noite, e não serão os outros que irão desaparecer quando amanhecer e a luz do dia retomar sua autoridade.

Ganha coragem para lhe perguntar algo: será que ela sabe se Enrique está vivo?

— Enrique?

Quando ele fala o sobrenome, ela reage bruscamente.

— Como poderia saber?

Diz a ela que, é claro, ficou sabendo de tudo: como bateram nele, tirando-o de casa no meio da noite, como destruíram seu apartamento, as manchas de sangue nas paredes e escadas, depois de o arrastarem cinco andares abaixo até o carro azul que os esperava na rua. Mas será que não há uma chance de ele estar vivo?

Quando ela responde, fala bem pausado, como se estivesse soletrando palavras novas a um aluno lerdo.

— Se você não sabe... Será que por acaso não está lá? Não em Paris, talvez, mas em Madri ou Barcelona. Mais provavelmente em Barcelona, não é?

E agora abre um grande sorriso, exibindo os dentes.

— Barcelona não é o centro da vida gay?

O sorriso Cheshire fica brilhando no ar depois que as palavras se dispersam.

Ligou o carro de novo. Estão descendo agora pela avenida Corrientes em direção ao obelisco: teatros, cafés, livrarias pulsam com a multidão nômade da noite. Poderia até acreditar que esses cartões-postais tinham sido exumados da coleção de sua própria memória, se a voz dela, começando tudo de novo, não os colorisse com os fortes matizes do presente.

— A diferença entre a gente é que sempre fiz e ainda faço parte de algo. Você, ao contrário... sempre foi espectador, mantinha-se afastado, sem participar. Tanto antes quanto agora. Nunca me diverti tanto como quando fui com outras centenas de pessoas conclamar ao som de tambores a volta do Velho. Não nego o que fiz: enchemos as ruas, quase derrubamos as árvores com tanta gente pendurada nos galhos. Exclamamos em altos brados quando ele apareceu na sacada e nos acenou! Então, se é da vida real que vamos falar, aprendi uma coisa. Faço parte dela agora. Ganho bastante trabalhando em Relações Públicas, a Copa do Mundo me rendeu o suficiente para comprar o apartamento onde moro, e meu trabalho regular paga bem mais do que as três sessões de análise que faço por semana. A propósito: até os analistas aprenderam algo; hoje eles não falam mais de dissolução do ego, de tirar a camisa-de-força e de escutar a voz do mundo maravilhoso da esquizofrenia. Lembra de todas essas bobagens? Rastochi cobra hoje 200 dólares a hora, mas garante que em três meses você será capaz de ganhar dinheiro.

A bela adormecida não despertou apenas: também falou. Falou o que sente, e o preço que ele tem de pagar por ter ousado beijá-la é vê-la encolher-se, murchar, transformar-se numa bruxa sentenciosa.

Estacionaram embaixo da palavra restaurante em letras de néon. O letreiro parece familiar. De repente, ele o reconhece: o velho Edelweiss... Alguém sai, as portas se entreabrem por um instante, e ele vislumbra a falsa decoração bávara que tanto o divertia, as gravuras já manchadas de umidade, com paisagens do Starnbergersee. Acha que está recebendo uma transmissão de pensamento de Laura e lhe diz quanto o comove ela ter lembrado o lugar onde tiveram tantos encontros. Ela ri — um riso oco, estridente, como um 78 rpm gasto de tanto uso.

— Você acha que me lembro? Acha que alguém se lembra de algo? O que você recorda não importa a ninguém. Se deixá-lo falar, você é capaz de mencionar o Pasaje Seaver... A lembrança desse lugar só é motivo de alívio: já não existe mais. O Tortoni, por outro lado, continua na Avenida de Mayo. Por que não vai visitá-lo e brincar de resgatar o que nunca foi seu? Entenda de uma vez por todas: estão devastando a cidade para abrir grandes avenidas, estão demolindo quarteirões e mais quarteirões de casas, bairros inteiros. Quando salvam uma casa antiga é para restaurá-la e convertê-la num restaurante chique. Você achava a cidade barulhenta? Quando terminarem, você só conseguirá ouvir carros e mal poderá respirar na rua. Diziam que a cidade imitava Paris? Agora ela nem consegue imitar Los Angeles: está mais para Caracas, Cidade do México. Era uma cidade feia e não será menos feia, mas nesse processo muita gente vai ganhar rios de dinheiro. Então, ponha de uma vez na cabeça: não me lembro. *Você* lembra, se quiser. Agora, por favor, saia.

Suscetível uma vez mais ao cenário e não aos atores, ele deixa o carro sem um olhar de adeus para essa criatura capaz de recusar a própria imagem numa memória alheia. Fica parado na entrada. Ousará cruzar a soleira da porta? O que aconteceria se encontrasse as mesmas pessoas? Talvez tenha tido ópera esta noite no Colón e parte do público esteja jantando à meia-noite: estarão comentando sobre o possível aumento da coleção de anões de jardins e relógios de cuco de Oswald, e a voz aguda de Erico intervirá para concluir qualquer discussão possível: "Mas você deveria ter ouvido Jeritza..."

As portas voltam a se abrir e de um filme dos anos 30 sai a velha florista, um ícone já de nostalgia nos anos 60: agora, como então, ela está com o cabelo tingido de loiro, cheio de grampos que alisam cachos sem vida, e segura uma sua cesta repleta de buquês de violetas e jasmins. (Houve uma época em que ele sabia seu nome: um dúbio impulso literário fazia-o convidá-la a tomar um copo de vinho de vez em quando para compensar-se do fato de nunca comprar suas flores.) A velha senhora olha para ele e dá um sorriso amarelo. Ele retribui o sorriso. Será possível que ela o tenha reconhecido? Por um segundo ela fica imóvel, com um brilho curioso, quase irônico nos olhos. Depois, afasta-se lentamente.

Ele não entra. Tampouco vai embora. O ruído do tráfego, embora não diminua, parece projetar um murmúrio hipnótico, instigante, e ele sente o perigo de ficar ali, absorto na própria perplexidade.

Uma voz quebra o encanto. Alguém o chamou pelo nome. Ele se vira. Chamam-no de novo e só então, atrás da direção de um carro parado no meio da rua, é que ele reconhece Felipeli, que lhe acena e sorri espirituosamente. Será possível que ele também não tenha mudado? Parece o mesmo de anos atrás, talvez idêntico até demais: suas feições estão exageradas, como que sintetizadas nos traços vigorosos e amplos de uma caricatura.

Felipeli exibe uma amizade arrogante, que o faz lembrar da ambígua camaradagem do serviço militar, o carrasco subordinado que espreita o camarada grosseiro. Felipeli diz estar muito feliz de vê-lo, dá um tapinha nas suas costas, raspa o rosto levemente contra o seu, declara que quer levá-lo para tomar algo. Na verdade, ele é muito mais baixo... Por que então o ameaça toda essa efusão? Observa as mãos que seguram a direção: as unhas ainda têm a mesma aparência brilhante, feitas há muitos anos... Quando empurrava um carrinho generoso em café quente, refrigerantes e tortas e doces enlatados, Felipeli já vestia esse mesmo sorriso conciliatório, resistente. Ia de andar em andar do edifício de escritórios onde funcionava a editora, oferecendo a oportunidade de se fazer uma pausa para um café nas redações de diversas revistas; nunca deixava de sorrir, nem mesmo quando percebia que todos sabiam, sem dúvida alguma, que ele reportaria ao serviço de inteligência do exército (era esse o nome daquele ramo da polícia política?) frases soltas, um lado apenas de conversas telefônicas, comentários ocasionais, migalhas recolhidas durante suas afáveis voltas alimentícias.

Felipeli, que talvez nunca tenha ouvido falar de Unamuno, devotou sua vida a contradizê-lo com espontâneo afinco: sempre esteve, e sem dúvida sempre estará, do lado do vencedor. Uma antiga cumplicidade herdada no início de carreira com a polícia — vínculo que prefere chamar de amizade de macho — liberou-o do que ele hoje chama de "escravidão jornalística" e permitiu-lhe freqüentar, na escolta de um ministro, as altas esferas líbias: "Aqui estou eu", aponta numa foto polaróid precocemente amarelada, "quando assinamos os contratos do petróleo." Seu amigo e protetor saiu do país sem avisar, deixando como refém uma presidente histérica: as mesmas forças que haviam trabalhado para derrubá-los deram-lhe cobertura para partir, com a condição de que ele mantivesse silêncio sobre os negócios de tantos militares com aquele regime. Mas Felipeli já estava pronto para o próprio *cursus honorem*: na hora de reforçar a luta contra a subversão, homens com sua experiência tornaram-se inestimáveis. Agora, ouve-o citar, com a desenvoltura que a familiaridade autoriza, aquela escola naval, aquele campo de detenção que viraram sinônimos do horror. "Quer que eu te conte uma coisa? Agradável, o que *se costuma dizer* agradável, não foi. Mas se precisasse começar tudo de novo, eu começava — ali uma pessoa aprende o que é ser humano."

Será que Felipeli tem consciência de seu preconceito pelo naturalismo? Por via das dúvidas, omite o inventário de choques elétricos, barra de ferro, fuzilamentos encenados, corpos narcotizados que os aviões lançavam no rio à noite. Prefere elogiar as virtudes militares moderadas pelo desafio da guerra ("uma guerra, sim; talvez até mesmo uma guerra suja, mas uma guerra necessária"), evocar a solidariedade jurada para sempre em uma arma que passa de mão em mão, pois o sangue derramado sela uma fraternidade mística entre os carrascos, ou um círculo de uniformes militares em volta da mesa sobre a qual jaz um corpo algemado, que cada um deles golpeia, para que nenhum cruzado fique sem pagar o preço de sua glória.

Não o surpreende que tanto eufemismo reapareça na voz emocionada de Felipeli ("remoção" por execuções não declaradas, "embarcação" pela ronda de carro que um prisioneiro era forçado a fazer para apontar um transeunte suspeito...), palavras que evitou empregar na língua em que aprendeu a escrever.

Irrompem também conexões menos explícitas que ele havia intuído e que agora Felipeli ilumina com uma precisão implacável, talvez porque as considere menos obscenas do que a mera dor física. Revela, assim, a franca admiração de militares burocratas — habituados a golpes de estado consumados por telefone, a uma cadeira no conselho de empresas multinacionais — por amadores impacientes, ávidos por correrem todos os riscos, se afirmarem em façanhas de armas, cuja audácia aqueles mesmos oficiais jamais poderiam simular porque eram planejadas e conduzidas clandestinamente; revela também o insidioso respeito da vítima pelo carrasco, aquele adversário capaz de subjugá-la, sujeitá-la, e, acima de tudo, capaz de saber como manter o poder; pois, afinal, de poder se trata, e, por alguma razão, aqueles que se ungiam com os mais românticos atributos de rebeldia se compraziam em imitar a organização militar com seu sistema de hierarquia, uniformes, disciplina; e entre carrasco e vítima, mais eloqüente do que o banal pacto erótico, instaurava-se um duplo reconhecimento: de Fulano e Sicrano, ontem colegas no colégio de padres, hoje inimigos que se encontram no mesmo avião, entre Roma e Madri: um, viajando em uma missão oficial, com um posto e um uniforme que correspondem a essa verossímil convenção chamada vida real; o outro, com dinheiro para um grupo armado que prolonga no exílio uma pura ficção de uniformes e cargos; e os dois não podem deixar de se abraçar e rir dos papéis que a vida lhes reservou; há ainda o oficial classe média baixa que tem de aplicar um choque elétrico em um militante, cujo sobrenome resume a mais óbvia classe alta, amenizando as intermissões — pausas tão essenciais para que o corpo recobre sensibilidade —, perguntando-lhe como se veste para ir ao hipódromo, que restaurantes deveria convidar uma garota para jantar, se Saint Tropez ainda está na moda. Felipeli ri, como se admitisse que suas estórias só fazem perpetuar o folclore grosseiro acerca do serviço militar: "Acredite se quiser, muitos deles tinham ruas com seus sobrenomes... Eles foram poupados: não todos, mas bastantes; dos pobres-diabos, poucos se salvaram; dos judeus, nenhum."

O carro não pára. Estão passando agora por bairros de que não lembra, que talvez nunca tenha visto antes, tão irregular foi sua relação com essa cidade que continua considerando sua: ruas silenciosas e escuras, janelas obstinadamente fechadas, uma paisagem que nem promete paz nem literatura, que parece estar só à espreita, sob controle, cheia de rancor, como num período de trégua. É um cenário para a voz dócil de Felipeli, que o examina inflexível, nunca parando, povoando-o com uma narrativa incessante, que se auto-sustenta.

Do quê está falando agora? Nada de que já não saiba: de sociólogos e psiquiatras que foram liberados do interrogatório para favorecerem a repressão com suas formações e técnicas diversas, todas muito úteis; de uma belíssima prisioneira que se ofereceu para se infiltrar num grupo de mães de desaparecidos e que entregou algumas delas para se vingar da sogra, totalmente alheia a qualquer tipo de militância, mas que acabou sendo sumariamente eliminada com acusações tão falsas quanto convincentes e enviada a uma rápida e decisiva ausência; de exilados que aceitavam censurar seus testemunhos ante organizações internacionais para respeitar a linha política de seu grupo, e também daqueles que acudiam à chamada de um almirante de passagem (ocupado em inventar um ilusório futuro político para si) e aceitavam o diálogo em território neutro, pensando assim assegurar-se um futuro político não menos ilusório. Perspicaz diretor de cena, Felipeli não esquece da necessidade de um "*comic relief*": aquela militante que foi arrancada da tortura para integrar a escolta daquele mesmo oficial e delatar a eventual presença de seus ex-cúmplices (supostos organizadores de um atentado durante a viagem) obriga os militares que a vigiam a saírem às dez da noite atrás de uma roupa na *drugstore* do l'Etoile, pois, conforme explica, eles passariam vergonha se ela os acompanhasse no Maxim's vestida do mesmo jeito que saiu da cela da prisão para o avião.

O riso de Felipeli é franco, entusiasmado. Reconhece nele algo de muito profundo e autêntico, contra o que não sabe como lutar, ou contra o que aprendeu ser inútil lutar. É que seu riso irmana assassinos e assassinados e expulsa irremediavelmente quem não sabe rir junto com eles.

Depois de um momento, já não ouve mais nada.

Voltaram para o centro da cidade e ele prefere observar as pessoas andando nas ruas. Lembra daquele vaivém incansável, sonâmbulo de suas primeiras noitadas de adolescente: respirando fundo, com os olhos bem abertos, deslumbrado ante uma promessa tácita, ubíqua de aventura, sentia-se admitido nos mistérios ocultos e ao mesmo tempo tão acessíveis da noite. Tantos anos depois, aqui está ele, tentando de novo atrair o olhar daqueles transeuntes, ler em seus rostos quem são, para onde vão.

Parecem cansados, felizes, impacientes, disponíveis, apressados, tristes: como as pessoas nas ruas de qualquer cidade. E elas não o vêem. Ele não se esquece, é claro, de que as está examinando de um carro em movimento... mas, por outro lado, por que deveriam olhar para ele? E por acaso ele próprio não se sente um fantasma? Um Rip van Winkle indecoroso, tentando explicar a paisagem presente com a ajuda de um Baedeker caindo aos pedaços, amarelado, confundindo memórias com fatos, tomando desejos por impressões...

Mas essa não é toda a verdade. Tampouco quer renunciar a essa partícula do passado que de algum modo lhe foi dado resgatar. Começa a dizer nomes: nomes que conhece, nomes de que lembra, nomes riscados que de repente decidiu não querer que caiam no esquecimento. Sabe que ninguém o está ouvindo, e mesmo que o estivessem, muito provavelmente não reagiriam, mas isso não o impede de desempenhar o papel de um Tirésias não convidado, amaldiçoado não com o dom de adivinhar o futuro mas sim com a mais desvalorizada das moedas: a memória. Evoca carros sem placas, crianças abandonadas em estradas, inúmeros cadáveres atados a pedras, tantos que acabaram transformando o leito de lagos e rios em cemitérios submarinos. E outros nomes, mais nomes. E, sempre, a impunidade para os assassinos de uma única facção — a que está no poder.

Não consegue parar. Pouco importa que Laura lhe lembre ironicamente que esses não eram seus amigos, que não suportava a maioria deles, que mesmo que estivessem vivos, não iria querer vê-los. Tampouco Guilhermo consegue dissuadi-lo quando lhe pede para ser honesto e admitir que, na verdade, só sente falta das intermináveis tardes na rua Viamonte na época em que a Faculdade ficava ali, quando entrava e saía das aulas, dos cafés, das livrarias num movimento único e sem direção; ou da lenta caminhada de volta para casa por ruas ilusoriamente tranqüilas depois da sessão da meia-noite no cineclube; ou dos amigos volúveis, e talvez também das primeiras e inábeis dores de amor. Nem mesmo se cala quando ele próprio percebe que tudo o que realmente quer de volta é sua despreocupada, dissipada, irrecuperável juventude.

Agora estão todos no carro, apertados contra ele, sorridentes, puxando cordialmente suas mangas, dando tapinhas nas suas costas. Atravessam um parque (será o Parque Centenario?) e os ruídos da cidade chegam amortecidos pelas árvores e pela distância. Em intervalos regulares, os solitários postes de luz permitem que ele reconheça em seus rostos caríssimas coroas dentárias, uma impecável cirurgia estética, cicatrizes quase invisíveis de lobotomia. Não param de sorrir. Tiram um reluzente retângulo de plástico, um cartão de embarque, e suas vozes se fundem numa polifonia familiar, talvez espontânea:

— Achou que a gente não gostava mais de você?

— Só porque se esqueceu da gente, acha que íamos esquecer de você?

— Vamos, junte-se a nós. Com este cartão, deixamos você entrar.

— Aja como homem, saia desse limbo de papelão pintado, caia na real.

— Não cansou de ser um turista? Já não viu bastantes catedrais, palácios e museus?

— Aqui nada cria mofo.

— Você tem um lugar aqui com a gente, *o seu* lugar.

— Dê-nos a sua passagem, que lhe daremos o cartão de embarque.

— Sabe que somos os melhores, que sempre fomos, não é possível que tenham feito tamanha lavagem cerebral em você...

— Vamos ver... A passagem... Vamos!

Então confessa que não tem mais a passagem. Tenta explicar que já não era mais válida, que a queimou poucas horas antes.
— Você queimou ela? O que está dizendo?
— Pára de brincadeira.
— Tudo bem que você não esteja com nenhuma bagagem, mas nem por isso vamos acreditar em qualquer coisa que lhe ocorre nos contar.
— Você queimou mesmo a passagem?
— Ficou louco?
— Vamos ver! Faça ela aparecer de novo!
— Você faz filmes, não faz?
— É um truque fácil, eles fazem isso nos filmes o tempo todo, você deve fazer isso com as mãos nas costas...

De repente começa a desejar tanto quanto eles. Se ao menos pudesse voltar o filme, fazer ressurgir das cinzas o papel carbonizado e, nele, despertar aquele anel de chamas, uma palpitante rosa de fogo que se extinguiria lentamente para deixar no lugar, intacta, a última página de sua passagem...

Por que não? Afinal de contas, a história está sempre sendo rescrita. E ela não existe só para ser rescrita? É o que fazem pagando doze páginas no *New York Times* e seis no *France Soir*, explicando a "questão dos direitos humanos" no meio de anúncios de hotéis internacionais, grupos importadores e novas sucursais do Banco de la Nación. Por que não poderia ele querer recuperar a sua passagem?

Mas não consegue achar nenhuma cinza. A única coisa que tira do bolso é a chave do apartamento da rua Uriburu onde morou quase trinta anos. Eles, porém, não se impressionam.
— Por que guardou essa chave?
— Um amuleto?
— Que besteira! Afinal de contas, nem judeu de Toledo você é.

Percebe então que eles só conseguem atingi-lo porque o conhecem bem. Lembram que ele nunca brincou de terror: nem fantasiado de caubói gaúcho nem espremendo nas mãos um pequeno livro vermelho. Sabem que partiu quando o Velho Palhaço ainda estava vivo, e também devem saber que, em se tratando de macacos amestrados, ele não vê grande diferença entre a Viúva Zumbi com seu Cagliostro de circo itinerante e os intercambiáveis uniformes engomados que jogam Monopoly com serviços de inteligência rivais.

Continuam sorrindo, mas agora começaram a golpeá-lo.

— Queimando sua passagem de volta! Então é assim que considera os seus amigos!

— Você já não é mais um de nós!

Cobre a cabeça para se proteger dos golpes e, reunindo toda sua força, corre em direção à porta, tateando à procura de uma maçaneta que não consegue achar.

Agora está correndo na grama molhada e os gritos cada vez mais fracos chegam aos seus ouvidos em rajadas isoladas.

— Vamos transformar seus livros em verdadeiros *best sellers*!

— Seus filmes alcançarão um milhão de espectadores!

— Aqui você terá o lugar que merece!

— Este é *o seu* lugar!

Cada minuto que passa fica mais escuro, cada minuto mais frio. As luzes se apagam uma após a outra e já não dá mais para distinguir as fileiras de olmos e plátanos orientais, só consegue sentir sua agitação em meio ao débil roçar da folhagem na brisa. Será que ele está mesmo no Parque Lezama? Ou se perdeu por entre as suaves ladeiras e os lagos intermitentes do Parc Montsouris? Poderá o Parque Patricios deixá-lo preso no meio do Parc Monceau? Põe uma mão para fora no escuro e os dedos queimam como se subitamente tivesse tocado em gelo. O que faz essa lápide aqui? Não, o cemitério da Recoleta não é o Père Lachaise e ele não vai ceder para um caso terminal de má tradução.

O coração bate tão forte, que é como se estivesse correndo para salvar sua vida. Pára e ouve a respiração como se não fosse sua, como se tivesse detectado um suspiro funesto no bosque. Rápido! Rápido! Antes que tudo apague! Antes que ele também apague?

Fecha os olhos e não consegue dizer se é porque está com medo de ver o que ainda resta de Buenos Aires ou se porque teme ouvir, uma vez mais, seu canto de sereia.

(1978-1980)

O ÁLBUM DE CARTÕES-POSTAIS DA VIAGEM

A cidade onde nasci e cresci. A cidade onde tudo aconteceu. Fugi, mas não se pode fugir da paisagem dos sonhos. Meus pesadelos ainda acontecem nas ruas de...
Ross MacDonald,
The chill

(Early Nothing)

As crianças extasiadas ante uma projeção de *slides* cedo ou tarde perceberão a textura, por mais fina que seja, da tela onde pousam visões passageiras de pagodes, fiordes e beduínos. Seu fascínio por essas maravilhas fugazes não há de enfraquecer quando souberem que é a superfície prateada que permite à mera luz refletir-se em cores e formas sempre cambiantes. Pouco importa se, em vez da textura sintética ou tramada de uma tela, essa superfície é uma parede lisa ou rugosa — os acidentes de pintura ou papel só fazem realçar com mais dramaticidade a natureza do suporte. O reconhecimento de intervalos ofuscantes ou sombrios entre um *slide* e outro equivale a uma bem-vinda queda do estado de graça, a uma excitante admissão ao reino do conhecimento.

Nascemos numa cidade chamada Buenos Aires e ali vivemos muitos anos. A cidade é, conforme a lei, distrito federal e capital da Argentina, uma república no extremo sul da América do Sul, cuja tendência endêmica é viver aquém de seus meios, do mesmo modo que a de sua capital é viver além dos seus. O crescimento desmedido desse porto mercantil; sua impaciência com a coleção de territórios díspares reunidos num país a que presta muito pouca atenção; sua sensibilidade às modas importadas e ao prestígio da simples distância: todas essas características ganharam uma devoção postiça de sisudos homens de letras e políticos desertores.

Agora que não temos mais de suportar seus acessos alternados de depreciação e arrogância, quando pensamos na cidade nos damos conta de que, se esse divórcio realmente existe, então somos filhos de Buenos Aires e não da Argentina. Porque o que nos fez foi sua água de torneira clorada, seu urbanismo irregular e a fala loquaz de sua gente; não a imensidão vazia dos pampas, nem os cristalinos lagos de montanha, nem as exuberantes selvas.

Durante quase um século e três quartos, uma vasta gama de ficção social e política foi projetada, como tantos *slides*, na tela argentina: despotismo esclarecido, banho de sangue folclórico, democracia liberal, depredação militar e populista. A única coisa que tinham em comum era a natureza frágil de uma ilusão de ótica. Ruas e províncias inteiras mudaram de nome, mas os habitantes não abandonaram seu ceticismo. As constituições, promulgadas ou anuladas, foram ignoradas de modo irregular. Algumas pessoas enriqueceram, outras foram mortas. Quanto menos enraizadas as convicções, mais veementemente um novo governo invocaria tradições, um estilo de vida, ética e religião: as pessoas tirariam um minuto de seu irascível sonambulismo para darem seu consentimento e logo voltarem a cuidar de suas próprias vidas.

Raramente se percebiam os intervalos entre esses *slides* históricos. Não eram como vincos súbitos em uma maquiagem laboriosa, não revelavam rugas assombrosas nem a pele envelhecida, senão algo ainda mais execrável, mais inaceitável: a mera ausência, a luz sobre uma superfície vazia. Quando percebíamos isso, não nos sentíamos autorizados a gozar de um conhecimento alegre e superior, embora ele se tenha provado libertador, quando não estonteante. Tornou-nos conscientes: passamos um bom tempo tomando certa ficção por realidade, e mesmo aqueles que se dedicavam obstinadamente a viver à altura de seus sonhos repudiavam terem sido incluídos numa obra que não haviam escolhido.

Assim, rapidamente ou com ilusório vagar, contos de fadas e dramas realistas, coros e *kammerspiel* desfilavam na tela para, em seguida, desaparecerem todos, deixando atrás um senso de complexidade fantasmagórica e um gosto insistente de nada. A História não diz respeito a ninguém, sopraria o invisível ponto no teatro, e, de fato, a instabilidade parecia ser seu único atributo duradouro. No fim, a indiferença vegetativa preserva os vegetais vivos, os monstros prosperam com a monstruosidade e os sonhos matam os sonhadores.

Um país onde a História, longe de ser reescrita, é diligentemente escamoteada, selada, mumificada, pode acabar como um país sem história nenhuma. Onde se evita a resolução, nega-se ao passado a possibilidade de respirar o ar da vida histórica. Seus conflitos e personagens se arrastam, pululam com a persistência gentil de zumbis servis. Demônio de uns, redentor de outros, ele é eterno. Cem anos depois de sua morte, o nome de Rosas continua sendo reivindicado ou insultado em grafites onipresentes. Cem anos depois de sua morte, o nome de Perón ainda poderá visitar as imprevisíveis paredes de arquiteturas futuras.

Para as crianças então submissas da caverna platônica, as sombras que se movem na parede podem ser eternas. Para aquelas que moram mais perto da entrada, o mundo lá de fora, inevitavelmente, aguça a sua curiosidade. Mas imaginam esse mundo segundo os desejos que aquelas mesmas sombras despertaram. Os filmes são os intermediários mais claros e volúveis desse conhecimento adiado. Fragmentos e partículas de realidade dão consistência à sua ficção, e aqueles que na caverna sonham com o espaço exterior encontram no cinema alimento sempre renovado para a fantasia.

Chega, por fim, o dia em que saímos da caverna. O reino dos originais, como as tão freqüentes reproduções de Vermeers nas tampas de latas de biscoitos amanteigados, chocou-nos com simultâneos golpes de reconhecimento e desilusão. Não sentimos em sua presença aquela latência e urgência que, como nos disseram, caracterizam a revelação existencial. Tampouco nos tornamos de uma hora para a outra atores; nosso entorno um cenário complacente para o teste longamente esperado. Em casa, as paredes luminosas da caverna sempre retrocediam ante o toque impaciente de nossos dedos; agora, os volumes demasiado sólidos do mundo exterior, não mais partículas de luz e sombra, compõem um vasto, indiferente museu à espera dos visitantes que o interpretarão. Será tarde demais para que o espectador forçado se metamorfoseie em ator regular?

Uma vez fora, o ar nos parece mais seco do que inebriante. Retrospectivamente, os anos de vida vicária e expectativas apreensivas assemelham-se a um ensaio para uma estréia que talvez seja cancelada. Ou a paisagem, gasta depois de um primeiro reconhecimento, transforma-se numa segunda (ampliada, ilimitada) caverna. Mais ainda: será que tudo o que vemos não nos lembra mais do que a reprodução corrompida de sua imagem, a iminente catástrofe que deveria destruir essa mesma imagem?

Olhando para trás, a Argentina aparece como uma arena seleta onde a falência de sociedades mais sólidas foi posta em cena mais cedo e mais brutalmente. Lá longe, os modos de uma cultura emprestada e as noções importadas de justiça cederam mais facilmente. As metrópoles dão as boas-vindas, acomodam, seduzem e domesticam os bárbaros. Os países periféricos são simplesmente arrasados por eles.

Para desfrutar do passeio, precisamos ignorar a advertência inscrita na parede, eco de um apocalipse distante, profético. Ou então esquecer o que os filmes nos prometeram e descobrir um prazer anônimo na torre de petróleo na entrada do fiorde, no Rolls Royce que o beduíno dirige, no *dazibao* colado na parede do pagode.

A cada um, seu próprio bárbaro.

(1977)

O que faríamos sem os bárbaros?
Esses povos eram uma espécie de solução...
C.P. Cavafy,
"Esperando pelos bárbaros"

A civilização se aproxima do fim quando até os bárbaros dela se evadem.
Karl Kraus,
Aforismos

(Fascist Lullaby)

Cabeças alisadas com brilhantina ganhavam a forma de lustrosas e metálicas balas de canhão art déco; com um toque de viscosa permeabilidade em sua doce fragrância vegetal...

Talvez... Mas soa um pouco abstrato...

Cidra e pão doce, pão doce e cidra, e em 17 de outubro o cheiro de lingüiça nas churrasqueiras de rua perto da Plaza de Mayo...

Já é mais concreto, mas ainda um pouco trivial.

Equilibristas alemães indo e vindo nos cordões de aço estendidos entre a ponta do obelisco e a cúpula do Trust Joyero Relojero...

Demasiado privado. Por acaso alguém mais se lembra deles?

Tibor Gordon, curandeiro e pregador, reunindo milhares de fiéis em sua tenda de circo suburbana, e uma incrédula e perplexa igreja católica vendo o regime que ajudara a entronar voltar-se inesperada, irresponsavelmente contra ela...

Podia ser, mas... Por que não algo menos excepcional? As "ruas de tango", talvez...

Ele costumava acompanhá-la de volta para casa. Chegando lá, uma variedade caseira de toques e afagos, extensão natural de beijos e carícias, começava na penumbra da entrada. Naquelas terras crioulas, essas formas preliminares de relação sexual ganharam o nome de um tipo de tecido suave. *(Mesmo hoje, escrevendo em outra língua, tão distante, tanto tempo depois, você se lembra da obscenidade que essa palavra conotava?)* Sim. Flanela...
   Um ouvido atento à família que dormia na casa, o outro a eventuais passos na rua, ficavam ali meia hora, não, uma hora.

Mas será que Papai não reconhecia aquelas formas ofegantes através da cortina de crochê da segunda porta de entrada, quando ia e voltava do banheiro no meio da noite? Será que Mamãe não acompanhava os inconfundíveis suspiros e palpitações dissimulando sua apreensão vicária? E o Irmãozinho, será que não espiava, descalço nas lajotas do pátio, aquelas sombras desmesuradas, enquanto apertava o sexo pré-púbere numa espera fraterna?

Ele acabava gozando fora. Ela sentia, com um misto de alívio e arrependimento, que a pressão no ventre diminuía: mais uma noite e ainda virgem, um passo a mais, o casamento. Ficaria pensando assim ainda várias semanas depois: quando ele abriu a braguilha e murmurou no seu ouvido "por favor, por favor", num tom inesperadamente infantil, pegando sua mão e recheando-a com aquele objeto rígido, quente, latejante. Ela hesitaria entre esfregá-lo, só para se livrar mais cedo, ou acariciá-lo desajeitadamente para revelar sua inexperiência. Mas sua cabeça estava mesmo era no vestido novo, no leve tecido de verão, na delicada estampa que a salvaria daquele horror pegajoso.

Ele não queria gozar de novo na calça, voltar para casa frio e pegajoso no ônibus, sentir o mau cheiro mais tarde naquela mesma noite quando fosse se trocar no quarto de pensão para depois entregar-se à austera promiscuidade de uns lençóis remendados.

Não, não queria. Apertando o queixo contra o ombro dela, se deixava levar e sentia como sua mão, ao desviar-se da mira, só fazia aumentar o lampejo final da exaltação. Seu cabelo ficaria despenteado, a brilhantina engordurada desprenderia um pó seco, leve, parecido com caspa, disparando de um modo que o metal da bala de canhão jamais conseguiria, mesmo se dirigida ao espaço, em chamas, rumo à destruição.

(1978)

O cronista que narra os acontecimentos grandes e pequenos indistintamente considera a seguinte verdade: nada do que um dia aconteceu deve ser desprezado pela História... A verdadeira imagem do passado passa como um raio. O passado só se deixa fixar no momento em que é reconhecido: imagem que lampeja e se apaga para nunca mais voltar.

Walter Benjamin,
"Teses sobre o conceito de história"

(Star Quality)

Ontem à noite, sonhei com ela. Estava na TV, toda cinza e azulada, e parecia que não estava gostando. Queria voltar a trabalhar em rádio, e prometi que iria ajudá-la. A falta de retorno deixou-a com um ar desconsolado e eu com um gosto amargo de impotência. Quando acordei esta manhã, já sabia que nunca faria um filme sobre ela. Passara anos brincando com a idéia. Havia escrito até seqüências inteiras. Tinha imagens precisas na cabeça — lembro de como estavam iluminadas, onde um corte as unia e as separava.

Talvez nem tente por ser um covarde. Mas de que tenho medo? De que meus sentimentos confusos e fascinados por ela possam se chocar com a hagiografia que seus fãs desolados reclamam? De que eles possam me insultar? De que possam até mesmo me agredir? Ou será que, no fundo, estou é com medo de no processo também me tornar um deles?

Lembro-me da tomada que abre o filme que nunca será: da névoa espessa ao amanhecer sendo atravessada por uma forma escura e indefinida que se aproxima e se converte numa velha senhora que cruza os pampas sobre uma carroça. É uma índia parteira a quem poucas horas antes avisaram que o parto não demorará. Está convenientemente enrugada e inescrutável.

Que perfeito ter sido um dos últimos seres de uma raça em vias de extinção quem lhe trouxesse à vida! Também que suas origens, como convém a um herói ou a um santo, tenham sido obscuras e, mais ainda, obscurecidas por ela mesma na idade adulta. Quando ela ficasse famosa e poderosa, a página de sua certidão de nascimento seria arrancada do cartório de registro municipal. Como poderia ela ser sensível àquelas severas críticas pequeno-burguesas que, em sua condição de bastarda, a consideravam *persona non grata*? Para aqueles que a odiavam ela já era uma puta, como toda mulher que ousa ultrapassar o papel que lhe coube desempenhar na sociedade.

Essa sociedade não tolerara nenhuma mistura de gêneros, nenhuma fantasia no elenco de personagens. Suas idéias de farsa e melodrama estavam claramente delimitadas, e não havia meio-termo possível. Quando o pai morreu, a mãe colocou os quatro filhos num *sulky* e se dirigiu ao velório. Reconhecidos durante anos como a "segunda família" do então poderoso caudilho local (as três meninas e o menino tinham todos o seu sobrenome), eram, no entanto, renegados pela viúva "legítima". Só quando o padre da família (que artifício pitoresco e despudorado de dramalhão latino-americano!) uniu as mãos de ambas as viúvas (ignorando certamente que agindo assim repetia o gesto com que Brigitte Helm reconciliava Capital e Trabalho no final de *Metrópolis* de Thea von Harbou), é que as duas mulheres se abraçaram aos prantos, cercadas pela prole boquiaberta do prolífico defunto. Realmente: só os folhetins mexicanos mais elaborados conseguem, para aqueles que se interessam pela falácia estética do reflexo, ilustrar uma sociedade agrária nutrida de catolicismo importado da Espanha...

A mãe hospedava caixeiros-viajantes na casa convertida em pensão. Uma irmã conseguiu uma vaga mal remunerada na agência de correios local, mas mesmo para tão pouco teve de lançar mão de influências políticas. O irmão foi para a cidade grande. Os filmes já eram falados por essa época, mas no vilarejo não tinha cinema. Todas as noites, as pessoas se reuniam ao redor de um rádio. Alguns eram caixas quadradas com a parte de cima arredondada, outros eram ainda mais extravagantes, catedrais góticas flamejantes cuja madeira talhada se entrelaçava com um tecido fibroso.

Melodias lamuriosas e estridentes do *hit-parade*, notícias transmitidas por locutores comovidos com a própria simultaneidade que eles estavam alcançando; intricados argumentos de novelas em capítulos com aberturas declamatórias e um clímax a cada seis minutos, pontuados pelo som do baixo e do violino; humoristas acerbos; vozes anônimas nos comerciais... Toda essa miscelânea produzia algo diferente mas coincidente: um outro mundo, um mais além; e a ausência de (uma então impensável) imagem dotava-lhe de uma generosa capacidade de acolher qualquer trama que seus ouvintes isolados desejassem desfiar.

Gosto de pensar nela como todos a descrevem: uma garota melancólica com poucos amigos, nem um pouco interessada em pretendentes à espreita, absorta nos ruídos que vinham do mundo exterior. Jamais seria uma estrela de cinema, embora tenham tentado transformá-la em uma, e no palco sua participação não foi além de "O jantar está na mesa" ou "Os cavalos já estão prontos", dependendo da época e do ambiente.

Conheceu, no entanto, esperanças e humilhações bem precisas. Teve de esperar horas para ver um secretário de redação que prometera publicar sua foto na página 64 de *Sintonía*. Numa noite de estréia, um ramo de flores amarelas lhe foi entregue por engano: o inexperiente assistente de bastidores não percebeu que a primeira atriz da companhia tinha o mesmo nome que ela; mais tarde, a diva, que divertia um público de classe média alta que poucos anos depois seria o mais ofendido por ela, entrou no camarim de seis atrizes menores para recuperar o buquê de rosas e lá pronunciou palavras de que uma delas, ao chegar ao poder, se recordaria.

Na verdade, acho que se lembrava de tudo: principalmente daquelas máscaras de que ia se desfazendo conforme acrescentava novos papéis à única carreira que, depois de determinado momento (qual?), ela entendeu ser a única que realmente importava. Foi assim que o rádio lhe permitiu, todas as noites às oito, alcançar o público que a havia desprezado, em seu vilarejo natal, para lhes dizer: "Aqui estou". Foi assim também que o poder, alguns anos mais tarde, lhe permitiu responder àquela diva cuja réplica imprudente lhe ficara gravada na memória. Graças ao rádio pôde interpretar Catarina, a Grande, Florence Nightingale, e Madame Chiang Kai-shek naquela série profética onde encontrou um libreto básico para as situações que muito em breve iria enfrentar fora dos auditórios.

Entretanto, deve ter havido um dia, mais provavelmente uma noite, em que nada de especial aconteceu durante a transmissão, mas de qualquer modo uma súbita, inexplicável quebra em sua rotina, a terá deslumbrado com a revelação de que ela não tinha talento para ser atriz. Ou que o seu talento era para outros papéis. Ou, mais ainda: para outro palco. E o papel que ela podia representar nesse outro palco deveria ser criado do zero, um papel que a sociedade em que ela vivia não permitia a uma mulher interpretar. Decidiu (ou talvez aceitou humildemente sem entender muito bem), que a partir daquele momento sua vida seria um ultraje para alguns, uma benção para outros. E naquela sociedade ela precisava, ao menos no início, de um homem para reafirmar sua personagem.

Essa cronologia pode estar errada ou simplesmente imprecisa. É que os documentos são escassos, indignos de confiança e tingidos de devoção ou rancor. Prefiro acreditar que foi naquela mesma noite quando, em vez de voltar para o quarto de pensão compartilhado para lavar umas meias ou remendar uma combinação (a janela entreaberta o suficiente para deixar entrar um pouco do ar fresco e promissor da noite, mas não tanto para desvelar sua imagem atarefada à curiosidade dos vizinhos ou à atenção desocupada de um transeunte), se deixou convencer por outra atriz secundária da mesma estação de rádio que a convidava a participar de uma ação beneficente: talvez aquela dedicada às vítimas do terremoto de San Juan. Um carro as levaria até lá. A amiga conhecia gente "influente". Um sedã preto abriria a porta traseira. O amigo da amiga daria um sorriso malicioso: "Vejo que convidou uma amiga." Seriam apresentados. Um outro homem no carro estenderia uma mão confiante: "Prazer em conhecê-la, senhorita", e ela responderia: "O prazer é todo meu, Coronel." (Só mais tarde notaria a cara bexiguenta, meio pútrida, e o sorriso forçado.)

Já saberia ela naquele momento?

O filme, de qualquer modo, terminava (nunca terminará) ali: com ela no limiar da História. Um blecaute seguiria aquela demonstração de imaculadas boas maneiras, e sobre a imagem negra e imperativa os três toques tradicionais soariam, levantando as cortinas, tirando-a da escuridão, uma tênue linha de luz ficando cada vez mais ampla, turvando-lhe a vista, ensurdecendo-a, e as milhares de pessoas reunidas sob a sacada enchendo a Plaza de Mayo, aclamando-a em sua aparição: uma figura minúscula talvez para os que estavam distantes, pendurados nas árvores no começo da Avenida de Mayo, mas que os alcançava do mesmo modo, sacudindo-os, silenciando-os, domando-os, exaltando-os, possuindo-os com aquela voz imensamente eloqüente que os alto-falantes podiam deformar mas não diminuir, uma voz treinada para vencer os mais rudimentares aparelhos de rádio que pudessem sintonizá-la em um vilarejo nos confins dos pampas, uma voz que talvez, mesmo naquele momento de estrelato, se dirigisse somente a eles.

Morreu poucos meses depois de a televisão chegar na Argentina.[1]

(1975)

---

1) Eva Perón, "Evita", *née* María Eva Duarte, em 1919, em Los Toldos, Província de Buenos Aires, Argentina. Atriz de teatro, cinema e rádio, casou-se em 1945 com o Coronel Juan Domingo Perón, Ministro do Trabalho, que seria eleito Presidente da República no ano seguinte. Morreu de câncer em 1952, em Buenos Aires.

Mas o povo de Alexandria, mescla de origens diversas, unia a vaidade e inconstância dos gregos à superstição e obstinação dos egípcios. O acontecimento mais trivial, uma escassez passageira de carne ou lentilhas, a omissão de uma saudação habitual, um erro protocolar nos banhos públicos, ou mesmo uma disputa religiosa, bastavam para incitar em qualquer momento uma sedição na vasta multidão cujos ressentimentos eram furiosos e implacáveis.

Gibbon,
Decline and fall of the roman empire

(Madeleine Creole)

M., quarenta anos, homem de letras inédito, leitor resignado de Proust e chefe da seção "Movimento Marítimo" do tradicional matutino porteño, parou a caminho do jornal para um almoço rápido em um *self-service* subterrâneo da avenida Córdoba, entre as ruas Florida e San Martín.

Automaticamente, escolhe primeiro uma sobremesa — um pudim com creme de nata batido (sintético) ou uma salada de frutas (enlatada) — que a demora não há de prejudicar, para depois ficar na fila de espera do bufê de pratos quentes, que certamente esfriariam se ele invertesse a ordem dos passos. Enquanto espera, fica de olho na capa de chuva que deixou no encosto da cadeira da mesa escolhida, para não ter de ficar perambulando mais tarde, de bandeja cheia nas mãos, e acabar sentando ao lado de uma senhora excessivamente perfumada, ou, pior ainda, mãe de crianças barulhentas e briguentas.

Já está no prato de carne quando a visão de uma mulher numa mesa próxima o distrai: ela não combina com aquela gastronomia, com aquele ambiente. Um inventário superficial — das meias de seda ao cabelo liso, preso com uma fivela quase invisível de tartaruga — promete-lhe um personagem possível. "Duquesas não temos — cita a si próprio — mas..."

Prefere ignorar que essa síndrome literária é responsável por uma produção volumosa de má literatura, sobretudo em seu próprio país. O distinto transeunte que se inclina sobre o narrador, vítima de um acidente de trânsito, e murmura *God bless you*, não só ilumina do alto de seu esnobismo as letras argentinas: presume uma perspectiva literária complacente da vida, obscurecendo, aliviando a realidade cotidiana com um gosto ranço de ensaios de ficção. Num país onde o improvável se verifica com mais freqüência do que em outros, a noção de verossimilhança tende a ser mais estreita, punindo com insólito rigor a vida dita real.

Para escapar a esse cinza obstinado, o amador de letras (mais do que um escritor) busca refúgio na sublimação de uma classe alta que ele imagina ser mais aberta ao capricho, habitada por personagens mais coloridos do que aqueles que são da sua convivência. Uma noite de gala no teatro Colón, ou o mero elenco de seus patronos impresso no programa, esboçam-lhe o grande teatro do mundo. O álbum de fotos de família de uma grande dama, produzido como um livro de mesa de centro, embala-o, reservando-lhe o papel de garçom boquiaberto na festa do patrão.

Em tempos de populismo, sob o nome de "oligarquia" essa classe foi consagrada como a vilã do período: assim se confirmou seu mito aos olhos de um público ávido de ficção. Costumava-se repetir que na *belle époque* rio-platense, que durou até 1930, idade de ouro da exportação de grãos e carnes, suas famílias viajavam para a Europa e levavam consigo uma vaca de propriedade para poder dar aos filhos leite fresco no navio. Num período em que militares e líderes sindicais iam para o mesmo destino, de avião e com maletas repletas de dólares encaminhados a contas numeradas na Suíça, aquela imagem envelhecida exalava um certo charme.

Tão sensatos viajantes poderiam já vislumbrar que, em torno de 1972, seus bisnetos planejariam um célebre estratagema? Quando um governo militar decidiu importar do exílio um ditador senil, esperando com isso salvar sua própria casta e, por tabela, aquela classe alta, o maior colecionador de arte do país, temendo uma expropriação estatal demagógica, bem rápido convocou especialistas da Sotheby's e Christie's que, sob a urgência do pedido, taxaram e transportaram para Londres e Genebra centenas de telas que só umas poucas pessoas haviam visto no país cujo trabalho pudera pagar por sua aquisição. Para surpresa do proprietário, muitos Sisleys e Derains, mesmo alguns Renoirs e uns poucos Monets, se revelaram flagrantes falsificações. Seus netos, já fazia algum tempo, convidavam à casa de campo da família falsificadores baratos que, posando de agradecidos estudantes de arte, dedicavam-se durante longos e enfadonhos verões a copiar as telas menos visitadas pelo já vacilante ancião.

"Que desagradável!" O tradicional comentário daquela classe, adaptação vernácula do *understatement* britânico, deve ter ecoado brevemente antes que o próprio episódio fosse sepultado pelos robustos laços de sangue.

Se algum tipo de folclore pôde florescer em torno deles é porque a proteção de seus próprios interesses nem sempre foi perseguida de modo eficaz. Uma dama que passara a Segunda Guerra retirada em sua casa de campo, já que naquela época Paris era inacessível, aventurou-se naqueles vôos lentos e cheios de escalas para a Europa: eram os primeiros do pós-guerra. Quando voltou meses depois, deslumbrou amigos e parentes na hora do chá, fazendo circular entre eles seu cartão de filiada do Partido Comunista francês: "Fui aconselhada a fazer isso. Parece que já dominam metade da Europa, e na outra metade têm partidos muito influentes. Me disseram que os primeiros a se filiarem são os últimos a serem expropriados."

O mesmo e odiado ditador que, ao fingir considerá-los inimigos, lhes confirmou uma lenda onde só havia tido boato, imitou suas técnicas mais honradas. Declarou guerra, por exemplo, ao Terceiro Reich quando o exército vermelho já estava fora de Berlim, podendo assim, semanas mais tarde, expropriar as indústrias alemãs instaladas no país por serem consideradas "propriedade inimiga"... Que agradável! E sua mulher — cujo trabalho beneficente acrescentava ao fascismo implícito em todas as manifestações de caridade um sentido daquele *show busisness* da Cinecittà, muito mais do que de Hollywood — havia de descobrir espantosas condições higiênicas numa fábrica de balas cujos proprietários haviam negado uma doação substanciosa para sua empresa.

Nesse confronto de gangues rivais, a História deu sorrisos alternados. A maior fortuna privada expropriada pelo ditador seria restituída na extorsão política seguinte, com juros e correção monetária. Porque "tirar os pés da lama" foi a única moral que essa classe sempre pregou pelo próprio exemplo. O castelo do Loire reproduzido na província de Buenos Aires, ou os empregados que na serra de Córdoba servem a mesa em francês, são apenas a ínfima parte de um mito tão limitado quanto resistente.

Os indóceis jovens, exportados para a Europa nos anos 20 e 30, casariam, por volta de 1980, suas netas com judeus e italianos que a especulação imobiliária ou financeira tornara de uma hora para outra assimiláveis. Uma vez admitidos, embora só fosse no Country Club e no Jockey Club, seus novos sobrenomes, antes pronunciados com jocoso deleite, passaram a ser escamoteados por uma articulação breve ou totalmente eliminados em fórmulas como "o marido de".

Seriam tão astutos proseadores os mesmos que num domingo chuvoso dos anos 50, entediados, sem nada para fazer na casa de campo, abririam no sótão um baú embolorado para descobrirem, perplexos, *thales* e *menorah*, e, em seguida, os devolverem à escuridão que os havia protegido desde que a distante colonização espanhola introduzira no país sobrenomes espanhóis e sefarditas (indistintos, incomprováveis)? Que desagradável!

Alheia à loucura imperial brasileira — espelhada num carnaval dissipador e na invenção de uma capital desnecessária num pedaço de selva destruída —, a epopéia burguesa argentina premiou-se com noções de decoro na riqueza, de gosto na representação. Que literatura fazer com seus semideuses? Que Proust poderá redimi-los? Os escritores que nasceram entre eles, quanto mais talentosos mais os ignoraram em sua obra; só débeis literatos elegeram comover-se com suas fortunas e genealogias. A Grande Dama das Letras estava absolutamente certa sobre sua classe quando escolhia citar Sarmiento: "Aristocracia com cheiro de bosta..." Personagem única em sua própria terra, sempre soube ir além: seja impondo doce de leite a Stravinsky, seja intimando um quarteto de cordas a submeter Tagore, insensível à música não-hindu, a escutar Borodin e Debussy.

Terrivelmente necessitados de uma ficção alheia que espelhe seu protagonismo, contornos imprecisos dedicados ao devaneio vicário de uma classe média ávida de elegância e cultura (uma classe há muito tempo incapaz de aceitar como temas literários as mentiras demasiado próximas e familiares do negócio político, as extravagâncias da repressão sexual ou da não menos reprimida magia, num país onde a superstição é dominante), eles perdurarão num âmbito desbotado, hóspedes de um palco trivialmente sociológico, nada literário.

M. termina o almoço no *self-service* subterrâneo da avenida Córdoba entre as ruas Florida e San Martín. Talvez nunca publique seu romance, nem seus diários, nem suas marginálias. Oriane e Odette teceram uma teia delgada e letal em torno de uma sensibilidade demasiado culta para se satisfazer com estrelas de cinema, demasiado domesticada para ignorar abertamente sinais externos de prestígio social.

Naquela mesma noite, em frente à TV ou numa sessão de cineclube, talvez veja com desdém as palmeiras desiguais e os negros apócrifos de um número tropical em algum musical empoeirado de Hollywood, embora, no fundo, saiba que eles são tão mais verdadeiros do que sua imagem própria e censurada da realidade em que vive.

E agora, todos juntos, com maracas: *"Down Argentine Way!"*

(1980)

Seja como for, Petersburgo não é apenas uma ilusão. Está nos mapas, na forma de dois círculos concêntricos com um ponto negro no centro, e desse ponto matemático sem dimensão a cidade proclama energicamente sua própria existência. É dali, desse ponto preciso que jorra a torrente de palavras deste livro...

Andrei Biely,
Petersburg

(Shangai Blues)

Em Buenos Aires, os dias ficam mais longos quando chega setembro. Você nunca pensou nisso, não é? E por que deveria? Então, num fim de tarde, você está na rua por volta das sete e nota que ainda há um pouco de luz no céu. É uma luz bastante peculiar. Apaga-se bem devagar, desprende-se dos sombrios edifícios de escritórios, das altas vidraças, quase matiz por matiz, para num último momento imobilizar-se: rosa pálido que interfere num azul já cinza-aço. Essa imobilidade é certamente uma decepção. Enquanto dura, enquanto você pensa que dura, é como se o trânsito nervoso e as vociferantes lojas de disco fossem se afogando naquela magia suspensa. Mas para quê? Antes que você ache uma resposta, ou suspeite de que não haja nenhuma, ela já se foi: o céu está azul-escuro, as pessoas ao seu redor mudaram.

Obstinada desilusão. Em fins de outubro e início de novembro, antes de sentir que o verão realmente chegou, você poderá estar descendo a avenida Corrientes e observar as donas-de-casa, carregadas de compras, impacientes na fila de ônibus, ou os funcionários de banco, exaustos com as horas extras e o ar-condicionado quebrado, com a camisa grudada tanto no corpo quanto no paletó em um único e intenso mal-estar. Então o ônibus 303 chega. Desce um adolescente: camisa de manga curta em pleno esplendor *wash & wear*, cabeça agraciada por um corte de cabelo demasiado caro para o contexto social que o pente e a carteira de identidade, salientes com a pressão de nádegas insolentes, soletram dos bolsos traseiros de seu *jeans*. E você percebe o que eles ignoram, ou dão por certo em tácita aceitação: que é a hora da mudança de turno. As pessoas que trabalham de dia encerram a jornada. As pessoas da noite se preparam para entrar em cena. Talvez você também note que está no meio do caminho ou em parte alguma — despertou na hora que bem entendeu, saiu e voltou para casa, agora vai ver um filme ou encontrar um amigo em um café, e não tem o menor interesse nessa cesura bem regulada que dentro de umas horas verá a senhora, com um marido silencioso ao lado, em frente à televisão, depois do jantar, ambos já trocados, em trajes caseiros, e o garoto tomando mais um expresso no balcão de Tazza d'Oro ou de Caravelle, ao lado de um senhor elegante, impecavelmente bronzeado, embora a estação só esteja começando.

Mas não é tão fácil assim. Começa com a luz, é claro, mas depois, se você continuar nessa parte da cidade, na avenida Corrientes, entre as ruas Florida e Alem — tão naturalmente desprovida de cor local que acaba sobrando muito pouco para Buenos Aires mostrar do que tem de mais típico —, vem a brisa. Com um sopro, ela alivia a tarde do calor que recua lentamente. Embora não seja salgada (como poderia ser? Impressionados com sua extensão, os descobridores chamaram o rio de Mar Doce...), é uma brisa com cheiro de cais, saturada pela ferrugem de embarcações velhas, com promessas de viagem.

Ao longo dos anos você se acostumou com ela. Descendo a rua Viamonte, chegava perto de uma parte da cidade que parecia tão excitante: livrarias, a Faculdade de Filosofia e Letras, galerias de arte, o Café Flórida, até o insólito convento com sua solitária palmeira na esquina da rua San Martín. O que você lia nesse cenário fragmentado? À falaz luz da ribalta, você deixou passar aquela inscrição na parede que lhe estava especialmente dedicada: um adolescente, ávido por ler e escrever, por se assegurar de que não estava errado, de que não havia aventura mais valiosa a perseguir.

Poucos meses depois de partir, você voltou a Buenos Aires por duas semanas, com a vaga consciência de que veria os lugares familiares pela última vez. Aventurou-se no que havia sido a Faculdade para obter uma cópia autenticada de um diploma cujo original havia dormido longo tempo, entre toalhas de mesa raramente tiradas do armário, numa gaveta do aparador da casa de sua mãe. Policiais à paisana (ou seriam membros de alguma força paramilitar?) revistaram-no, examinando com perícia suas pernas e costas e esboçando aqueles insinuantes sorrisos que os filmes antigos pintavam nas caras dos oficiais aduaneiros das repúblicas das bananas. (Já fazia tempo que a própria Faculdade se mudara para uma parte menos exposta da cidade; mesmo assim, os assessores políticos do governo consideraram conveniente suspender por tempo indeterminado suas atividades.) Enquanto buscava uma saída no meio desse novíssimo labirinto cujas divisões de cimento compartimentavam o que antes fora uma elegante e inadequada unidade *belle époque* para atividades acadêmicas, o velho odor lhe bate nas costas. Um odor que ficara arquivado durante anos, como uma nota de rodapé impressa por erro a páginas de distância de seu referente asterisco.

Entre as fachadas do lado oposto da Alem — breves, súbitas revelações do pano de fundo pintado para outra peça — apareceram fragmentos de mastros, retângulos de cascos de navios, uma indefinida reunião de signos que o confrontaram com sua própria figura, descendo aqueles mesmos degraus com quinze anos a menos, e, no entanto, tão mais sábio, com um dom ainda não arruinado para gozar o ócio. O tempo, é claro, já naquela época mantinha seu ritmo regular, mas você podia dar-se ao luxo de ignorar a carruagem alada que estava cada vez mais próxima. Por que você, que nunca viajou de navio, sempre dotou seus visuais ou fragrantes arredores de uma carga baudelairiana? Baudelairiana é a palavra! Tão habituado à *contradictio-in-adjecto*, você negligenciou as simples evidências da *explicatio*... (Os livros só podem conduzir, como infalíveis intermediários, ao desejo que precedeu a sua leitura.)

E às oito da noite você estaria sentado numa mesa de bar, na rua, esperando alguém que obviamente se esquecera do encontro ou pensara duas vezes antes de ir até ele. E, no entanto, você nem se importava. O brilho minguante concedia aos blocos de concreto uma graça náutica inesperada, como se a qualquer minuto pudessem zarpar e lhe arrancar de uma cidade que tão estupidamente se vira de costas para a água, mas que depende terrivelmente do que litorais longínquos, num momento remoto e esquecido de temeridade, uma vez lhe prometeram. Conforme os personagens secundários iam mudando ao seu redor, você sentia a iminente ameaça de ter de desfrutar de um bom livro na quietude do lar.

E depois foram os bares. Você tinha catorze anos quando emitiu o falsete mais grave que pôde para pedir uma Cuba Libre: era antes uma mistura inócua de rum e Coca-Cola, cujo nome, em meados daqueles modorrentos anos 50, soava incorruptível pelas tendências políticas que, pouco depois, a tornariam a bebida de maior mau gosto. A senhora atrás do balcão inspecionou-o rapidamente e depois de um tempo entregou-lhe um copo da bebida escura e melosa. Você virou a cabeça para apreciar a ampla variedade de exotismo a que fora admitido: à multicolor luz da Wurlitzer — que encadeava sem cessar uma canção de Nat King Cole com outra —, duas garotas que pareciam cansadas, nem sequer muito maquiadas, trocavam dicas sobre as liquidações do momento; alguns homens, sós, calados, pareciam ter comprado seus ternos naquelas mesmas liquidações; um marinheiro ocasional fixava o olhar em sua cerveja e só parecia voltar à vida para pedir, num inglês imperfeito, outro copo ou se dirigir com espantosa segurança ao banheiro dos homens. Até os nomes desses lugares (May Sullivan's, Helen's, Texas, First and Last) pareciam impregnados de um inexplicável *glamour*, mais inebriantes do que qualquer coisa que pudessem oferecer: as garotas, não autorizadas a atuar como meras putas, eram na verdade garotas de programa *full-time*, despertas à base de fortes doses de chá, que sorviam em copos de uísque. Seu maior e único talento era o de adiar para um improvável depois qualquer fantasia que seus clientes pudessem acalentar.

(Que miséria indicavam aqueles fragmentos de vida ordinária que certamente não estava ali, mas em outro lugar! Se naqueles irremediáveis anos 50 você não tivesse lido Durrell com o mesmo arrebatamento que seu pai dedicara a Paul Morand, jamais teria esperado vislumbrar aqui um sinal do prestígio decadente da vida no porto. E quando não era ingênuo, você seria negligente. Sua avó, único laço entre seus pais quase totalmente gentilizados e uma fé judaica puramente gastronômica, costumava convidar a família a jantares opressivos que celebravam (o que era para você) um Ano Novo extra. Numa dessas ocasiões, propondo uma conversa de sobremesa, você foi capaz de produzir a gafe suprema: ante primos mais devotos, que acabavam de voltar das férias passadas num *kibutz* de Israel, você afirmou que o único lugar do Oriente Médio que lhe interessaria visitar era a Alexandria. O comentário, proferido apenas alguns meses depois da guerra de Suez, deixou a mesa num silêncio congelado. A velha senhora, numa admirável exibição de sangue-frio, indicou-lhe uma possível saída: "Alessandria na Itália, suponho..." Como poderia ela conhecer aquela pequena cidade entre o Piemonte e a Lombardia? Você acabaria descobrindo-o bem mais tarde, viajando de carro entre Gênova e Veneza, portos onde ela fazia suas paradas de desembarque e embarque da Argentina para

Israel. A placa com a indicação Alessandria estava ali à sua espera, uma deixa para uma réplica arguta, já tardia.)

Os entardeceres no fim da primavera podiam ser hipnóticos. Nessa ardilosa hora do dia em que a luz vacila antes de se desvanecer, e a noite se anuncia, antes mesmo que se possa falar de brisa, com uma simples leveza no ar, como você gostava de observar os movimentos, recém-descobertos, embora anualmente repetidos, que prenunciavam o verão...

Que envolvente sentir aquelas mudanças quase intangíveis ao redor, enquanto a cidade punha em cena multidões anódinas. Que fácil ficar ali.

Observar. Sentir. Ficar.

(1976)

A verdade é que hoje já não há mais nenhum espaço lingüístico fora da ideologia burguesa. Nossa língua provém dela, retorna a ela, nela se encerra. A única reação possível não é nem o desafio nem a destruição, mas, simplesmente, o roubo: fragmentar o antigo texto da cultura, da ciência, da literatura, e disseminar suas marcas em fórmulas irreconhecíveis, da mesma forma como que se falsifica uma mercadoria roubada.

Roland Barthes,
Sade, Fourier, Loyola

(Glad Rags)

Achei uma foto dele na casa da mãe, em uma caixa de bombom transformada em arquivo: um menino cujos cabelos ondulados e bem curtos — esticados com brilhantina e divididos do lado —, revelavam orelhas de abano e sublinhavam olhos azuis demasiado expressivos.

Tenho certeza de que iria para a escola debaixo de um avental branco e imaculado, que toda semana seria lavado, passado e engomado... Impostos por uma lei argentina de 1880, um triunfo do liberalismo que tornou a educação secundária gratuita, laica e obrigatória, aqueles aventais serviam para eliminar da cena (escolar) as diferenças sociais que toda roupa denuncia e retrata. Tinham, porém, as golas abertas que exibiam um triângulo de camisa e uma eventual gravata-borboleta. Depositava-se neles uma capacidade quase emblemática de definição, somente comparável à menos estridente (mas para os especialistas mais precisa) eloqüência silenciosa dos sapatos. Colegas mais toscos vestiriam aventais rasgados e remendados com a displicência de heróis guerreiros que exibem suas cicatrizes; mas ele, suponho, aceitava a roupa passada pela mãe e os elogios da professora com a mesma e triste submissão a um destino respeitável.

Anoitecia sempre cedo demais naquela época. Será que os outros não saíam, não se encontravam, não bebiam nem dançavam em lugares radiantes, unindo muitas vezes seus lábios em primeiro plano, passando quase sempre em seus sedãs pretos permanentemente polidos?

A noite tinha seu próprio argumento, que não continuava nem desenvolvia os personagens e episódios do dia. As janelas de um apartamento classe média em Buenos Aires não revelavam nada disso à criança descalça, que se punha de pé ali entre as cortinas fechadas e a janela escura, ávida por ler num eventual transeunte um indício dos mistérios da noite, país estrangeiro para o qual lhe negavam o visto. Ele estava na fase de ler às escondidas, debaixo dos lençóis, à luz de uma lanterna de pilha, que lhe traria sonhos de outros cenários, de outras vestimentas.

Todo ano, pouco antes do carnaval (já então uma festa decadente, irremediavelmente alheia aos trópicos, resumida em bailes de bairro e crianças em pânico agarradas às mãos de um adulto ofuscado pelo orgulho), um anúncio de página inteira no *Biliken* mostrava umas vinte figurinhas em plena realeza exótica, acompanhadas de um texto em caixa baixa que descrevia suas fantasias; em um lado, em números grandes, soletrava-se com realismo o preço desses vôos da imaginação. Dessa página ele cortou a fantasia do príncipe hindu: um deslumbrante conjunto de falsos brocados que, desde as sandálias arrebitadas até o turbante decorado com um camafeu descomunal, pertencia à imortal epopéia da Noite. (As mil e uma invocadas no título pareciam menos importantes do que se dizia no texto: Haroun el-Raschid abandonava o palácio todas as noites para assumir a identidade de um mendigo, amparado em um novo conjunto de roupas e na cumplicidade das sombras.)

Temo que ele nunca tenha conseguido ganhar a fantasia do príncipe hindu. Seus pais tinham muito pouca paciência para esses caprichos exóticos: um adereço relativamente caro, de qualidade duvidosa e cores berrantes, sem nenhuma utilidade na vida cotidiana (isto é, real) senão, um ano mais tarde, quando surgisse a oportunidade de usá-lo, mas aí, de qualquer modo, a fantasia já não caberia mais nele... A idéia soava como uma heresia para aqueles ouvidos de classe média trabalhadora, cuja fantasia se limitava às aulas de piano. E com os anos, é claro, isso deixou de ter importância para ele. Aquele personagem substituto e não atingido, junto com todos os outros disfarces diminutos exibidos em tecnicolor no anúncio do *Biliken*, caíram no mesmo esquecimento e indiferença que liquidaram o carnaval naquelas margens incolores do Rio da Prata.

Poucos anos depois, suas calças curtas foram substituídas por calças compridas, tal como ditava a moda daqueles últimos e insossos anos, anteriores à era do *jeans*, que marcaram o fim da sua infância. Começou a escolher por conta própria, limitado pelo orçamento e por uma escassez geral de oportunidades sociais. Foi assim que aprendeu umas lições bem arrevesadas: um terno novo, uma gravata cara podem nos fazer sentir melhor, mas só por muito pouco tempo! Pois a roupa tende a ilustrar a teoria dos conjuntos, ou, antes, o que em lógica se conhece por *falácias materiais* ou *falácias de presunção*.

De que vale uma gravata Cerutti sobre uma camisa que nem chegava a ser de operário, ou um terno da moda sobre sapatos indefinidos que nem mesmo tênis se podia dizer que eram?

Se não é possível uma compatibilidade fácil, indistinta, então o princípio norteador deve ser o contraste significativo. Roupas fora de moda, por outro lado, são inacessivelmente caras na sociedade capitalista, onde o impulso huno da moda renova impiedosamente, em questão de semanas, tanto as estantes da *haute couture* quanto as dos supermercados de bairro. Roupas meramente velhas, por outro lado, devem ser da mais alta qualidade para responder a um gosto reconhecidamente datado, atingir um *status* clássico em vez de um aspecto chique-decadente. E depois, é claro, vem o último e inevitável teste: o conjunto perfeito de roupas pode permanecer inerte, adormecido, como um Stradivarius em uma vitrine, se não tiver sido produzido para o cenário certo: os matizes de sua escolha, o mero impacto ficarão neutralizados se não corresponderem ao desafio do intercâmbio social.

Mais tarde, muito mais tarde, na segunda metade de seus vinte anos, uma visita solitária à Europa sacudiu-o, insinuando-lhe todas as pessoas que poderia ter sido se simplesmente tivesse sido ousado. Um convite para um jantar no Grand Hotel de Estocolmo, com seu nome inconfundivelmente manuscrito, colocou-o uma manhã frente a duas palavrinhas impressas no canto inferior esquerdo: *black-tie*. O que se seguiu foi uma visita de pesadelo (num estilo gogol-nabokoviano) a uma loja de roupa de aluguel na Vasagatan, onde chamou-lhe a atenção as unhas pintadas e o mau hálito de um atendente solícito junto com uma variedade de trajes nos quais nem sempre se discernia o brilho das lapelas e de tecidos puídos. Mais tarde, ignorando o brilhante evento, se lembraria literalmente da prova de roupa, pontuada por ruidosos trens que entravam e saíam da Estação Central vizinha, enquanto analisava em espelhos opostos sua própria personificação duplicada de um espantalho. Teria sido um consolo saber que, poucos meses depois, um exemplar desse cobiçado uniforme seria seu?

Seria de qualidade muito superior, do seu tamanho, e com o preço quase reduzido pela metade. Presa sempre fácil do ilusionismo ideológico, sentiu-se autorizado a fraudar as pressões sociais comprando um *smoking* em liquidação. Então, parecia muito justo que a ideologia acionasse de imediato a sua vingança: aquela que teria sido a primeira ocasião possível de vestir o seu traje acabou sendo um daqueles promissores festivais de cinema pós-68, onde os produtores exibiam longos cabelos lavados a xampu sobre jaquetas Mao Tsé-tung de seda. Não era permitido o uso de *smoking*... Sete anos depois, quando a rebelião já estava sendo arquivada sob a rubrica nostalgia, ele libertou de embrulhos de celofane e bolas de naftalina o que se tornara quase um fetiche de promessa não realizada. O traje acabou ficando milagrosamente conservado. O mesmo, porém, não se podia dizer dele — seu peso excessivo já não lhe deixava entrar naquela roupa em que depositara esperanças tão indefinidas como veementes: situação bem similar a sua vida que, no fluxo cotidiano de pequenos gestos e previsões, sofrera uma queda consistente da imagem ideal que ele se permitira acalentar.

Parecia demasiado a uma fábula para não suspeitar que uma moral fosse o único dividendo daquela narração vivida. Um fragmento de conversa, recolhido displicentemente em um coquetel, devia iluminar um território muito mais vasto do que se propunha: uma socióloga se gabava de sua experiência inebriante em Cuba, um exemplo do que ela descrevia como "a libertação da moda". (Até meados dos anos 70, tais exercícios verbais ainda eram freqüentes entre os publicitários e os especialistas da comunicação.) Descartou essas palavras mecanicamente, como um mero predicado de seu emissor. Mas ficaram gravadas em sua memória e, anos mais tarde, enquanto esperava em um aeroporto, elas ressurgiriam para definir sua própria fábula e as fábulas de outras pessoas.

Olhou ao redor e absorveu tudo: o estilo lenhador, com uma suéter totalmente gasta e calça *jeans* remendada, de um professor barbudo da Berlitz; o ar hippie, arqueologicamente restaurado, de servidores municipais de férias; o esforço desesperado por um asseio elegante, embora surrado, de uma classe média quase proletarizada; o ascetismo stalinista de uma *socialite* novaiorquina. Em alguns deles, o *alter ego* que a roupa permite realizar operava por intensificação; em outros, por contraste brusco, ofuscante. Podia ser uma explicação ou uma epifania. Os modelos podiam ser exaltados ou amarrotados por suas próprias escolhas compulsivas.

Observou-os indo e vindo. A mesma agitação dominava todos eles: um elenco de personagens heterogêneos que não pertenciam ao mesmo argumento, salvo por uma ficção (que os demais nos sugerem, que nós mesmos nos infligimos) graças à qual se consegue levar a vida, pelo intercâmbio coletivo de aparências que impede que a trama social irrompa em suas múltiplas e ocultas costuras.

(1976)

De uma perspectiva estritamente estética, meu objetivo era condensar, em estado quase bruto, uma série de fatos e imagens que eu me recusava a explorar, deixando que minha imaginação trabalhasse sobre eles. Era, em resumo, a negação de um romance.
Michel Leiris,
Da literatura considerada como tauromaquia

Fazer um inventário de tudo o que nos deixa nostálgicos... sem tentar explicar ou relacionar, sem conexões, apenas aquelas coisas pelas quais realmente se sente nostalgia. No outro dia, fazer um inventário de tudo o que nos dá medo.
Elias Canetti,
The human province

(Cheap Thrills)

Passei várias semanas admirando pela janela do metrô os imensos cartazes do Luxor-Pathé, em que nunca faltavam princesas raptadas e cantores feiticeiros: visão fugaz, que logo se apagava com as pontes de ferro da estação elevada Barbès-Rochechouart. Mas foi só em uma noite fria de sábado, dezembro passado, que me aventurei fora da proteção da linha Porte Dauphine-Nation para inspecionar mais de perto as ofertas de filme daquele notável bairro árabe. Aprendi que o Luxor-Pathé, em suas dimensões de templo, era simplesmente o mais imponente dos diversos cinemas especializados na produção subproletária da atual indústria cinematográfica: de um lado, os *westerns* italianos, já em declínio, com trilhas sonoras francesas não menos improváveis do que a dicção italiana ou inglesa que costuma acompanhar locações espanholas ou iugoslavas em cor de contratipo; de outro, as penetrantes demonstrações de Kung Fu, provenientes de Hong Kong e Taipei, repulsivas fábulas de um oriente laborioso. Também descobri que os tradicionais e pomposos contos de fada eram na maioria das vezes filmes hindus, com suas trilhas sonoras bengalesas ou paquistanesas substituídas por vozes árabes que os tornaram o entretenimento predileto de Baalbek a Clignancourt.

Já esqueci qual desses robustos edifícios, tão alheios ao *chic* diminuto dos cinemas *d'art et d'essai* da *Rive Gauche*, exibia uma confecção egípcia protagonizada por Farid El Atrache e Chadia, cantores ídolos do mundo árabe. Só consigo lembrar de minha quase imediata decepção com a ausência de cor e os cenários francamente realistas: podia ser um musical, tudo bem, mas com certeza não era um espetáculo das mil e uma noites. O filme revelou-se uma comédia água-com-açúcar: a ação acontecia ao redor e dentro de um acampamento militar, onde *ele* era um sargento condenado à morte por uma doença inespecífica e *ela,* a enfermeira que vencia sua desconfiança e mau humor para permitir-lhe gozar suas últimas semanas de vida.

Meu desinteresse, porém, cedeu imperceptivelmente a uma curiosidade de outro gênero. Cada previsível peripécia deslizava sem tropeços, a dosagem de sentimento e farsa era exata, como se os melhores, irrecuperáveis exemplos hollywoodianos tivessem retornado a uma vida mais brusca e traduzida. Um fanfarrão e mau ator de meia-idade que se vangloria de uma carreira artística obviamente inventada e que termina travestido (a linha fina do bigode devidamente polvilhado) no *show* do acampamento; um companheiro desajeitado, gordo e careca, com problema de estômago; um soldado jovem e meigo, surdo e mudo, que pinta; todos eles entravam e saíam do quadro como instrumentos musicais, alternando e combinando seus diversos registros para desenvolver novas variações harmônicas.

Se tudo isso parecia vagamente familiar — pensei —, era porque me lembrava as comédias norte-americanas da Segunda Guerra, e mesmo as de sua incerta pós-data: a guerra da Coréia. A lealdade nacional era obviamente tida como certa. A tristeza simplória e a alegria solidária da vida de quartel não eram perturbadas pelo exame de consciência complacente que, mesmo antes da guerra do Vietnã, já se havia infiltrado como uma nova chave "crítica" para a produção de Hollywood. Quase no final, quando Farid El Atrache e Chadia aparecem juntos em um número patriótico (um desfile ao ar livre em que soldados manipulam com destreza painéis coloridos para compor bandeiras gigantescas de diversos países árabes), fui tomado por uma emoção menos visível, mais tortuosa do que aquela compartilhada pelo resto do público.

Há quanto tempo eu já não assistia a essas salutares tolices com sincera atenção, sem um sorriso deslocado que me protegesse de minha couraça intelectual? E se eu conseguia compartilhar de uma emoção, ainda que fugaz, com a mãe e as filhas comendo *lukum* à minha direita, ou com o jovem casal exalando forte cheiro de água-de-colônia à minha esquerda, será que isso não acontecia porque eu era um turista cultural, algo que já não podia mais me permitir em meu próprio país?

Porque o fato é que Farid El Atrache e Chadia estavam cantando em espanhol, e eu sempre havia visto aquelas frontes engorduradas e aqueles penteados à base de laquê em Buenos Aires, todo domingo no estádio do Boca, ou quando esperava anoitecer na esquina da rua Maipú com a Lavalle; e o romance idílico e o riso aberto que me resgatavam do frio de Paris, naquela noite longe do *quartier*, eram exatamente os mesmos que me assustavam nos rostos de Palito Ortega e Violeta Rivas. Era, realmente, a bandeira azul e branca que flamejava, o eterno sorriso de Gardel reencarnado no de Perón, o abominável apelo do *mate con leche* e a ética da *gomina* e ejaculação precoce o que eu estava descobrindo, no orgulho desse império renascido, sob o sol branco e negro do Egito.

Quando o filme terminou, todos os jovens, que haviam assobiado admirados ante a modesta exibição de ombros e joelhos que o conservador traje de banho de Chadia permitia vislumbrar, se lançaram na noite indiferentes às enormes damas nuas que anunciavam as demonstrações eróticas, renovadas a cada semana, de uma Europa permissiva e neocapitalista. Eu tive um choque, fiquei desconcertado quando vi os letreiros das lojas e os nomes das ruas em francês: porque tinha quase certeza de ter passado uma última e póstuma noite no Armonia.

O Armonia era um palácio deteriorado quando o visitei pela primeira vez no começo dos anos 60. Mas nos anos 30, e mesmo nos 40, o esplendor de seu estuque deve ter atraído a classe média, baixa e decente, do bairro. Golpes de estado, industrialização epidérmica, desvalorizações monetárias, explosões demográficas, o advento da televisão, tudo isso contribuiu para deixar seus papéis de parede descascados, o couro original de seus assentos rasgados e riscados, enquanto um discreto cheiro de urina alcançava as ruas. Mas o Armonia descobrira um modo de prosperidade no público iletrado que lhe proporcionava a estação de trem vizinha.

Soldados e empregadas domésticas — seja inspecionando a cidade grande em um dia de folga, seja tentando a sorte a longo prazo — descansavam os pés ou gozavam de uma *siesta* não programada, enquanto imagens riscadas e chuvosas de emoções desbotadas passavam despercebidas pela superfície da tela. Era exatamente essa indiferença a cópias velhas e impraticáveis que permitiu ao Armonia sobreviver como um refúgio para multidões resignadas e se tornar bem rápido um prematuro paraíso para os cinéfilos, que ali encontrariam preciosos exemplares fora de circulação, embora quase sempre não houvesse correspondência entre os títulos pintados à mão nos cartazes de rua (em geral não havia pôsteres disponíveis para tais filmes) e aqueles que apareciam, quando apareciam, na tela. O fato de o Armonia não anunciar os filmes que exibia nos jornais (seu público mais numeroso era do tipo que não saberia distinguir um título do outro e que só esperava uma certa conformidade com os padrões mais gerais do entretenimento) só fazia enaltecer o seu prestígio iniciático.

Talvez não haja nenhum registro da primeira vez em que a mão de um velho alisou os joelhos de um soldado, mas na época em que comecei a freqüentar o Armonia ele já acomodava um grande número de adolescentes que, com os olhos fixos nos peitos de Kim Novak, expeliam pelas braguilhas abertas um segmento de sua viscosa vida interior nos dedos de vizinhos especialistas. As últimas filas da sala eram especialmente animadas: idas e vindas cuja natureza nem as regras do jogo das cadeiras dariam conta de explicar. Os breves intervalos, porém, só revelariam rostos enfadados e roupas descaracterizadas, como se a magia da luz projetada, uma vez interrompida, devolvesse o público itinerante ao vazio de uma sala de espera de segunda classe. O Armonia não pôde escolher impunemente aquela clientela passageira: a animação sonâmbula e muda de uma estação de trem decadente foi tudo o que o antigo palácio pôde oferecer como *glamour*.

Já então e ali eu era uma figura deslocada, cuidadosamente recortada e colada numa fotomontagem equivocada. Alimentado por uma dieta rígida do *Cahiers du Cinéma* que chegava por via aérea, ia ali para vislumbrar um lance de sintaxe clássica e violência severa em algum *western* de Budd Boetticher que havia perdido em sua tímida estréia. Arquivava os casais heterodoxos, seus suspiros e hesitações ensaiados numa penumbra volúvel, como recortes daquela baixa realidade não redimida por ser impressa numa fita de celulóide e projetada na tela por um cone de axiomática luminosidade.

Anos mais tarde, quando a cinefilia já era para mim a lembrança de uma doença vencida, a folha velha de um jornal vespertino, que embrulhava modicamente um par de sapatos que eu mandara arrumar, informou-me num lapso de distração que o Armonia fechara suas portas pouco tempo depois de (embora talvez não tenha sido por causa de) um inquérito policial sobre a morte de um tal Ricardito Ordónez, de nove anos, violado e asfixiado em uma latrina por um operário de construção das províncias do norte, que, ganhando a confiança do menino com ofertas generosas de amendoins cobertos de chocolate, atraíra-o para o banheiro depois que começara a seqüência da batalha de *El Alamo*.

Após introduzir toda a extensão de seu desejo entre as nádegas rígidas e assustadas de Ricardito, sufocou seus lamentos desordenados com o braço direito tatuado, convertendo assim um gesto de paixão numa involuntária proeza de necrofilia. Visualizei de imediato o letreiro luminoso que indicava "Cavalheiros" do lado esquerdo da tela, assim como o ocasional retângulo de luz que revelava os visitantes entrando e saindo durante a projeção: outra cena, descaradamente tridimensional, onde a ação bem podia ter estado *off,* mas que, obviamente, podia ter sido fatal, em oposição às prolongadas agonias lambuzadas de *ketchup* nos campos de batalha da tela.

Agora fui eu que saí também. Por um momento, achei que fosse nevar: o silêncio do ar congelado, um sinal de minha atual morada. Mas não nevou. O mau cheiro de urina mesclou-se ao odor das vias elevadas, os painéis haviam desligado suas luzes e a linha Porte Dauphine me admitiu com um simulacro de direção.

(1975)

O indivíduo foi reduzido a uma mera sucessão de experiências instantâneas que não deixam rastro. Melhor ainda: esse rastro passa a ser algo odioso para o indivíduo, porque irracional, supérfluo, algo literalmente "deixado para trás". Do mesmo modo, todo livro que não for novo torna-se suspeito, e a própria idéia de História (fora dos limites específicos da ciência) irrita o homem moderno. Assim, o passado se converte para ele em um objeto de ira.

No mundo civilizado, o luto se transforma em ferida, num sentimentalismo anti-social, porque mostra que ainda não se logrou impor ao homem um comportamento puramente prático... Na verdade, roga-se aos mortos o que os antigos judeus consideravam a pior das maldições: ninguém se lembrará de ti. Em sua atitude com os mortos, o homem se deixa desesperar por já não ser mais capaz de lembrar de si mesmo.

Max Horkheimer e Theodor W. Adorno,
"Da teoria dos fantasmas"
("Fragmentos filosóficos", *Dialética do iluminismo*)

(Painted Backdrops)

As palmeiras, por exemplo. Inevitáveis nos cartazes de turismo, convocam por si mesmas um céu mais deslumbrante do que qualquer combinação de azul e amarelo disponível nas gravuras: uma leve inclinação em seus troncos fala da brisa benigna, o balanço indolente de suas folhas sugere melhor do que qualquer coreografia o andar casual de corpos bronzeados pelo mar.

São, sem dúvida, insignificantes se não estão valorizadas como objetos de desejo pela paisagem industrial de cidades temperadas. Toda sociedade sonha com seu apocalipse, e o sol *é* esse círculo indefinido de tinta a óleo amarela entre verdes e laranjas químicos, impresso em papel e colado nas paredes do metrô de Estocolmo. Também é acessível: em Istambul ou Túnis, em Ibiza ou Creta, em um pacote de férias incluindo pessoal de hotel que fala sueco e tarifas reduzidas de ida e volta, a própria viagem resumida nessa violenta explosão de luz solar impressa, nas cifras em preto e branco que soletram seu prêmio para os internados do *welfare state*.

São palmeiras domadas, obviamente. Podem estar em oásis irrepreensíveis, projetar sombras crescentes em uma areia que conserva o calor do dia, mas qualquer comércio erótico associado à sua imagem foi traduzido em termos de um intercâmbio transferido: divisas fortes e economia subdesenvolvida põem em cena agora uma cerimônia de violação cuja única possibilidade de gozo depende de uma voluntária suspensão de credulidade na memória histórica. Embora não tenham sido transplantadas, estão tão alienadas quanto as palmeiras simbólicas da Croisette, que vigiam faixas de areia trazida de uma natureza alheia e descarregada por caminhões de frente para o mar.

Talvez seja a vizinhança onerosa de butiques e hotéis, cassinos e festivais de cinema o que as mantém vivas. (Sua taquigrafia são essas palmeiras-anãs, transplantadas, órfãs do trópico fantasmagórico que alguma vez projetaram; florescem de repente, como flores de papel japonesas num copo de água, para propor desidratados jardins de inverno ou salões de café da manhã nos hotéis: o *glamour* silencioso, sutilmente obsoleto, de nomes como o Ritz ou o Maxim's.) Se extraídas dessa segunda natureza, a que o dinheiro pode pagar, elas se petrificariam, como os troncos pesados, calosos e amarelados na Plaza de Mayo em frente a uma casa de governo pintada de rosa, ou seus fac-símiles no verdor duplicado dos lagos de Palermo: sim, as palmeiras de Buenos Aires são as mais tristes. Mais próximas da paisagem real, mais próximas ao menos do que aquelas de Londres ou Frankfurt, são uma errata: não ilustram os trópicos, a preguiça afetada da Bahia ou o fascínio poliglota, hermafrodita, de colônias como Macau ou Surabaia. Retratam antes uma terra de ninguém com identidade deslocada; tal como os habitantes da cidade, pertencem à indústria zumbi de algum vodu urbano.

Talvez porque sempre pareceram estar no lugar de outra coisa, e para outra pessoa, é que eu goste mais das palmeiras propositalmente bidimensionais, em preto e branco; sobretudo quando despontam de um fundo projetado atrás da moça do cabaré e do namorado marinheiro em um passeio dominical. Aprendemos que não pode haver exotismo na natureza se este não se apoia num exotismo social e cultural, e é o cheiro do abacaxi, que estão cortando em quatro enquanto procuro uns cruzeiros no meu traje de banho molhado, o que me remete a Ipanema, assim como é a laboriosa mecanografia deste parágrafo, enquanto observo fileiras de janelas cegas de minha própria *fenêtre-sur-cour*, o que me confirma Paris.

Ras El Khaima, então.

Nunca tinha visto essas palavras, pelo menos assim juntas ou nessa ordem, quando as descobri impressas sob um par de máscaras de Comédia e Tragédia, unidas por fitas entrelaçadas sobre uma lira decorada ainda mais profusamente, amontoadas todas em um lado de uma série de selos. Essa efusão lírica e dramática justificava-se por um desenho, detalhado e colorido, na outra metade do retângulo. Otelo, com seu punhal, recua aterrorizado ante uma exangue Desdêmona, ambos sob um dossel cor de mel, com as palavras Verdi-*Otelo* impressas embaixo, como subtítulo, no selo de 20 dirham. No selo de 40 dirham temos Gounod-*Fausto*; Verdi-*Aída*, no de 60;

Puccini-*Madame Butterfly*, no especial de 80, enquanto Wagner-*Lohengrin* foram reservados para a apresentação especial de 1 rial e Mozart-*Abduction from the Seraglio* (*sic*, em inglês), para a sessão de gala de 2 riais.

Talvez por não ser um fã de ópera nem um filatelista não me tenha agradado nem tampouco me escandalizado a coincidência dessas duas paixões: uma pelo excesso, portanto condenada ao êxtase e à estase; e a outra pela passividade, inclinada assim ao frenesi conotativo. Numa dessas obras de referência que só os ingleses ousam publicar, sob o intrépido título *The Penguin encyclopedia of places* (em cuja contracapa se afirma que o principal objetivo do livro é responder a questões como "Em que lugar do mundo fica X?"), descobri que Ras El Khaima era um dos "estados de trégua", um grupo de sete principados árabes e protetorados ingleses do Golfo Pérsico, entre o Catar, Mascat e Omã com uma população total de 180.200 habitantes, um décimo da qual formada por nômades. Uma informação discreta ("a costa havia sido conhecida em uma época, com algum fundo de razão, como a Costa Pirata") bem rápido devolveu esses dados às seguras estantes da fábula, de onde haviam sido momentaneamente ameaçados de expulsão.

Seduzido por um estilo gráfico que me lembrava alguns pôsteres de filmes libaneses, as imagens na tampa das caixas de *lukum* ou as ilustrações dos *Contos da Alhambra* de Washington Irving numa edição argentina dos anos 40, me detive numa cortina muito preguada, puxada em um lado do desenho, discreta indicação do cenário onde esses ricos sumários de posturas cantantes e adereços teatrais atingiam sua epifania. Mas as figuras diminutas, emperiquitadas, inequivocamente islâmicas, também pertenciam a outro cenário: aquele onde a Libéria pode imprimir selos que retratam os momentos áureos da história napoleônica, onde as vistas mais típicas de Veneza agraciam, multicolores, uma série de Burundi, onde um esquiador solitário desliza por uma encosta coberta de neve com o nome flagrantemente estrangeiro de Paraguai impresso embaixo, ou Jesus Cristo reinterpreta sua carreira evangélica em um esforço oriundo do Togo. Talvez todos esses selos habitem o limbo ilimitado dos colecionadores, inclinados sobre seus álbuns na segregação autoselada de Umea ou Cali, sonhando com o inatingível outro.

Talvez ninguém em Ras El Khaima jamais tenha visto esses selos que achei numa manhã de inverno no Canto dos Filatelistas, no andar térreo do Bazar do Hotel de Ville, mais atraído pela incongruência do desenvolvimento efêmero de uma loja famosa por seus produtos de *hardware* do que por uma possível promessa ligada aos próprios selos. Nunca conseguiram me fascinar, nem mesmo quando eu passeava por vitrines repletas desses recortes de países sobre os quais eu só havia lido indo ou voltando de minhas aulas de inglês. Seria em 1949? Cantávamos *My Bonnie lies over the ocean* antes de sair da aula, na hora em que de todas as bancas de jornais, nos primeiros periódicos vespertinos, um homem de camisa de manga curta, chamado Perón, declamava que as ferrovias eram nossas.

(1975)

Há um tipo de instinto lúdico que costuma ser mais forte do que a fome. Se assim não fosse, não restariam vitrines, pois nenhuma lei seria capaz de preservá-las da destruição.

Joseph Roth,
Travel pictures

Considerar que muitas coisas são insignificantes e que tudo significa...

Karl Kraus,
Sayings and countersayings

(Shoplifting Casualties)

Depois de ter terminado o andar térreo do Bom Marché (um passeio ocioso por mesas e estantes cobertas de livros, cosméticos exibidos como relíquias etruscas em vitrines de museus, assim como pelas menos manejáveis seções de malas e fotografia), Teresa já estava na rue de Sèvres quando um estranho, à paisana mas absolutamente detetivesco, pediu-lhe que o seguisse. Ela obedeceu. Momentos mais tarde, depois de depor sobre uma mesa de escritório com tampo de fórmica o colossal primeiro volume do *Petit Robert* e um frasco de Y — ilustrações sumamente díspares do que seus amigos recusavam considerar as metades opostas de sua personalidade —, ela encarou a tediosa probabilidade de escutar a prédica de seus capturadores, cavalheiros de bigode fino e jaquetão. A pomposa banalidade da expressão francesa — "passar a moral em alguém" — distraiu-a temporariamente para o limbo lingüístico do qual se levantou, literalmente, para abrir as pernas, e, com a ajuda da ausência de roupa interior em tempos de verão, urinar, como num transe, sobre a *moquette* puída. Como efeito dramático, o recurso foi enorme e eficaz. Após um instante de descrença, ambos os homens — assim como uma secretária boquiaberta que para ali acorreu, atraída desde sua sala contígua pelo som dos pingos gotejando — expulsaram-na dali, menos indignados moralmente do que ultrajados fisicamente. Teresa saiu sem o dicionário e o perfume, é verdade, mas conseguiu chegar até o metrô antes que seus momentâneos capturadores percebessem que nem mesmo haviam chegado a identificá-la.

Susana nunca teve um instinto cênico tão brutal. Seu bom senso, imensamente prático, sempre a protegera de amantes impacientes e de sua própria vocação literária. Seu talento para o improviso realista, retórico mas bem verossímil, teve sua melhor exibição numa tarde de inverno quando, no momento em que o aroma inebriante de sucesso já penetrava em suas narinas, foi abordada por um homem sorridente, mas nem um pouco atraente, na saída da Bloomingdale's, em direção à estação de metrô da Lexington Avenue. "Desculpe, senhorita, mas você pagou por esse artigo?" inquiriu o desconhecido, apontando com a cabeça para o casaco de pele que ela levava displicentemente no braço direito. Susana foi rápida e deslumbrante: "Não, e quero ver o gerente." Seu sorriso aberto e o brilho entusiasta em seu olhar desconcertaram o jovem. Foi conduzida ao gerente ou a alguém que se passava por ele, e ao vê-lo entrar levantou-se prontamente: "Suponho que o senhor seja o gerente. Permita-me parabenizá-lo. Já faz duas semanas que venho fazendo uma pesquisa para um artigo sobre as lojas de departamento de Nova Iorque, e, acredite, esta é a primeira vez que encontrei um serviço de segurança digno desse nome. Tenho levado de tudo um pouco, desde barras de chocolate até utensílios de jardinagem, de lojas como a Macy's, Altman's, Lord & Taylor's, e já passei o pior voltando a colocar as coisas em seus lugares sem ser percebida, ou para falar a verdade, até mesmo ignorada pelas pessoas responsáveis, se é que elas existem de fato. Por favor, deixe-me anotar o seu nome. Por falar nisso, o senhor nos cederia uma foto para publicação? Será um prazer enviar-lhe recortes do artigo assim que for publicado..." Como aparte despretensioso, extraiu do bolso uma carteira de jornalista da Argentina e um passaporte de capa dura ainda válido, estampando um sorriso, flexível mas tenaz, na cara, enquanto o homem buscava um enfoque que abarcasse duas possibilidades: estar diante da verdade, inacreditável mas não descartável, ou diante de um número perfeitamente ensaiado, provável mas impossível de assumir pois poria em risco as relações públicas da casa. Vinte minutos mais tarde, Susana saía vitoriosa, sem o casaco de pele mas escoltada por um precioso rastro de perplexidade.

Alfredo, ao contrário, abordou o negócio com um espírito totalmente diverso. Instruído por Dora e Sílvia — para quem a melhor maneira de atuar era comprar algo de fato e sair com os artigos mais valiosos nos bolsos (ou, se fosse possível manter a serenidade necessária, totalmente visíveis nas mãos) —, aventurou-se em diferentes supermercados de bairro sem se atrever a se aproximar da caixa registradora que o esperava no final do caminho. O terror da encenação deixou-o sem ação em diversas ocasiões até que um dia ele decidiu ir até o fim. Num desafio altivo ao tédio de atendentes de uniforme (e não era o próprio bocejo deles a máscara bem calculada de uma detenção precisa?) e a um inescrutável senhor de cabelo prateado que (estava claro, não era um cliente!) já fazia um bom tempo não parava de ir e vir pelos corredores, Alfredo arremeteu entre estantes e caixa em gestos que julgou dignos de Zorro, arrebatando uma série de artigos dos quais apenas um aterrissou no balcão: brilhante exercício de dança, embora a agilidade de seus movimentos não tenha sido premiada por benefícios equivalentes. Quando chegou em casa, só encontrou nos bolsos um tubo de extrato de tomate e um pequeno e decorado frasco de cebolinha picada, em nada comparáveis ao que havia pago, aterrorizado ante os números luminosos no visor eletrônico, por uma caixa grande e pouco apetitosa de pastilhas de menta Droste.

Moira, por sua vez, nunca renunciou a gozar quase que puerilmente com as proezas mais espetaculares da sua especialidade: não ocultar, mas sim exibir os artigos roubados. Um sábado ao meio-dia saiu de Bergdorf-Goodman envolta em radiantes sedas e couro, depois de abandonar em um provador uns trapos de roupa que, quinze minutos antes, haviam sido os seus *jeans* e a sua *t-shirt* de algodão. Seus traços caprichosos, instáveis, que um namorado louvara como o kit-identidade favorito de qualquer pessoa, e a notável maleabilidade dos cabelos, caindo selvagemente nos ombros e nas costas, ou puxados para trás dentro de um cachecol que ostentava o nome impresso Hermes, propunham a incautas vendedoras, como uma ilusão de ótica, o vagar suspeito de clientes diferentes. Um convincente simulacro de romeno, logrado por contaminação de seu espanhol nativo com fragmentos de latim conservado de uma breve passagem pela Facultad de Filosofía y Letras no fim dos anos 50, acompanhava-a até as portas, elevadores e mesmo até as saídas, envolvida num sorriso que as ofertas de ajuda das funcionárias melhor treinadas não conseguiam deter nem perturbar.

Raul nunca operou num nível tão esplêndido de convenções teatrais e de valiosos artigos de conveniência. Toda tarde, no Prisunic da esquina, tentava ficar na fila do caixa com um fino envelope plástico de salmão defumado que enfiava em sua calça *jeans* e um potinho de vidro de caviar no bolso de trás. Sua magreza, certamente, ajudava-o, assim como o clima instável que lhe permitia levar nos ombros um impermeável leve sem ofender a verossimilhança. O sobretudo, por sua vez, podia ser um cúmplice perigoso por sua capacidade generosa: uma lata de lagosta ou uma enguia congelada, embora não detectáveis, podiam conferir certo volume delator de carga não declarada. Flagrantes, ainda que difíceis de questionar, o chouriço ou o maço de *merguez*, firmemente ajustados na frente da cueca, despertavam olhares vorazes na moça do caixa, que no entanto nunca ousou pronunciar palavras tão maliciosas quanto "O que você está levando aí?" Com os anos, Raul conseguiu viver praticamente com o salário do mês e manter-se razoavelmente saudável. Mas tanta impunidade no pequeno delito torna-se inseparável de uma sensação atroz de estar tocando fundo no que há de mais baixo. Uma tarde, ao sair da fila e pegar a escada rolante em direção à saída, começou a chorar com veemência e sem motivo aparente. Ante o silêncio atônito dos demais clientes e de algumas vendedoras ociosas, partiu em um isolamento patético, sabendo talvez que não obteria de Paris muito mais do que as fatias de *jambon de Westphalie* que levava na cintura.

(1976)

Junto a decrépitos devassos de origem e meios de subsistência duvidosos, ao lado de imprudentes e arruinados refugos da burguesia, encontravam-se vagabundos, soldados expulsos, delinqüentes libertos, galeotes foragidos, caloteiros, impostores, lazzaroni, *batedores de carteira, trapaceiros, jogadores, gigolôs, donos de bordel, carregadores, literatos mercenários, tocadores de realejo, catadores de roupa velha, amoladores, funileiros ambulantes, mendigos: em resumo, toda aquela massa amorfa, desintegrada de náufragos e degredados que os franceses chamam de* la bohème.

Karl Marx,
O 18 do brumário de Luiz Bonaparte

(Babylone Blues)

Um após o outro, os postes de luz da Avenue de l'Observatoire vão acendendo em meio às copas das árvores que balançam, e eu penso que essa não deverá ser a última vez que você encontre uma desculpa para não voltar para casa e escrever. O dia passou quase despercebido, envolto no calor aconchegante de maio, e você já se esqueceu da trama, insignificante e necessária, de telefonemas, trâmites e entrevistas que gastaram suas horas. Lembra-se, porém, de alguns dos intervalos entre aqueles gestos que deveriam ter-lhe assegurado trabalho, dinheiro e, talvez, segurança.

Você está parado diante de uma fonte cujas tartarugas esverdeadas de limo espirram infatigáveis e ornados jatos de água em direção a uma coluna central, da qual fingem querer fugir corcéis estéreis, sem com isso pôr em risco o globo terrestre que sustentam. O azul cambiante do céu é tão diáfano que ao longe você distingue sem esforço a altiva doceria da recém-iluminada *Sacre Coeur*. A paisagem o faz lembrar brevemente de outras tartarugas menos pretensiosas em uma fonte em Roma, de uma igreja mais graciosa sobre uma colina florentina. Mas você aprendeu a se sentir em casa entre os monumentos de Paris e em momentos como esse, quando a luz de determinada hora do dia envolve-os em uma graça efêmera, a própria cidade parece aceitar seu destino de cenário teatral, pano de fundo pintado diante do qual já desfilaram vários personagens de diferentes peças ou de produções sucessivas de uma mesma peça. A memória dessas intrigas não perturba o palco, e sua magia possível não é senão a miragem de rastros sobrepostos, batalhas esquecidas.

Sim, amanhã, talvez, você esteja mais bem humorado para escrever. As idas e vindas de hoje exauriram sua atenção e é precisamente a cumplicidade fugaz dessa luz o que poderá acalmar sua inquietação, essa incógnita impaciência que o consome... (E mesmo assim, você sabe que ninguém o espera nas calçadas loquazes dos cafés, que identificará rostos que preferiria não cumprimentar, que por orgulho não discará de uma cabine telefônica aquele número que sabe de cor, nem tampouco cederá à promiscuidade acessível dos parques anoitecidos.)

Um casal de idosos passa por você. Estão discutindo em voz baixa, em uma língua que, extravagantemente, você decide ser o húngaro. A roupa intemporal, o asseio esmerado traem anos de lavagem regular a seco. Na lapela do *tailleur* da senhora há um broche pesado que esconde a ausência de uma pedra: o detalhe parece dizer menos de um passado esplendoroso do que de um apego tenaz, supersticioso, a uma modesta herança familiar, algumas jóias que, para começar, nunca terão sido esplêndidas, talvez guardadas no nó de um cachecol ou não: simplesmente em uma caixa de costura convertida em porta-jóias, legadas por uma tia, mas não em seu leito de morte e sim, às vésperas de alguma guerra ou em uma daquelas despedidas incômodas que a emigração suscita...

Uma vez mais você se depara com uma daquelas inúmeras encruzilhadas da má literatura. Não importa: com prazer e só uma sombra de culpa, você embarca de novo na perversão da vida cotidiana: o que poderia ter sido, o que poderia ser... Humilde, silenciosa, como uma hera viva ou uma mancha de umidade, ela prolifera em desenhos intricados, insignificantes, personagens ociosos, transeuntes que ignoram a trama em que você os enreda, o passado que lhes inflige, o futuro que você provavelmente não liga em inventar para eles. (A escuridão chega em sua mesa pela janela e alcança as páginas de seu caderno, sempre em branco.)

À mercê dessas ficções abertas que cruzam o seu caminho, você segue sem rumo. É noite e já se foi aquela hora ardilosa em que a luz elétrica e o último brilho no céu coexistem em transitória irrealidade. Nenhuma retrospectiva de Magritte nem o abuso de efeitos cinematográficos poderão estragar o seu gosto por esses minutos que obscurecem as fronteiras entre o dia e a noite, quando um silêncio insidioso rasteja por entre os ruídos do tráfego e interfere no intercâmbio de vozes, quando os seus passos, sua respiração e mesmo o seu pulso invadem, de repente, a sua atenção como inéditos objetos de interesse.

Você percebe que a carvoaria da Rue d'Assas virou um bistrô da moda, a ponto de se chamar A Carvoaria. Um homem se debate com a combinação de teclas numeradas que deveria permitir-lhe entrar em um bloco de apartamentos. Nada, nada: passar ao largo, não pensar neles, não deixar que a imaginação se detenha neles. Para que escrever se não for para contar o extraordinário, internar-se em um território onde possam conviver a prosa de Karen Blixen e as mais desprezadas ficções de consumo? *A história imortal* talvez seja o único conto digno de ter sido escrito; *O marinheiro de Gibraltar*, o único que vale a pena ser rescrito. Portos exóticos, fortunas incertas, judeus errantes, mulheres nômades, marinheiros convocados a realizar uma ficção alheia ou descartados para que essa mesma ficção possa se desenrolar livremente. *Romanesque, novelletish...* Onde se insinua a inflexão pejorativa, onde termina a definição do desejo? E isso realmente importa?

De dia, as cidades são diferentes; à noite, as ruas se comunicam, os rios confluem, os transeuntes parecem dispostos a falar outras línguas. De repente, as altas matronas de mármore sentadas nos extremos do Pont du Carroussel, a fachada grandiloqüente da Gare d'Orsay, as árvores do cais inferior, vacilantes à beira de uma corrente escura que parece vibrar sem fluir: tudo se ilumina com uma intensidade espectral, como se para confirmar sua suspeita e revelar o pano colado nas fachadas das casas, a cartolina nos troncos das árvores, o papel nas folhas. Os focos de luz cor de mel do *Bateau Mouche* passam ao longe e devolvem o cenário a uma penumbra consoladora. Você retoma o seu caminho, outras figuras indistintas também. O momento ofuscante de perigo foi conjurado, a cidade e seus habitantes retomam a anterior dose de realidade. Suas lembranças serão deslocadas pela ficção não escrita que passa ao seu lado. Sua solidão será apagada pelo cansaço.

Chegando em casa, você nem notará o caderno na mesa. Não será uma omissão deliberada: simplesmente não o verá. O mesmo acontecerá com o prato congelado no compartimento superior do *freezer* ou com o chaveiro, que no fundo de uma gaveta guarda a possibilidade de abrir portas que já não são as de sua casa ou as de seus amigos, em uma cidade que já não existe.

(1979)

Dessas cidades só restará o que ali passou uma vez: o vento.
Bertold Brecht,
Manual of piety

Everybody knows these cities were built to be destroyed...
Caetano Veloso,
Maria Bethânia

(Fast Food)

1.

Meu pai considerava as especiarias com um desprezo moral: "Se o alimento é bom não precisa de nenhuma dessas porcarias."; ou ainda: "Elas tinham uma função na época em que as pessoas não tinham como evitar carne podre." Preservava assim, inconscientemente, uma ideologia dominante na vida argentina, que a enorme classe média absorvia humildemente de seus superiores. Tão esforçada confiança nas virtudes do substantivo, ou de alguns substantivos, me sugeria uma desconfiança não menos tenaz em qualquer modificação, no mero matiz que um adjetivo pode inocular. Versão, perversão, inversão.

Tais manifestações não impediam que meu pai gostasse de baunilha no pudim, açafrão no arroz, orégano no tomate. O bife e a salada, porém, dominavam sua gastronomia com uma autoridade quase mosaica. Mesmo hoje, paladares e olfatos argentinos que não aspiram ao esnobismo recusam-se ao prazer do alho, socialmente banido pela conotação de pobreza advinda da imigração, assim como pela capacidade de evidenciar o corpo em todos os seus poros. Uma menina bem criada altera o itinerário de sua visita à Espanha e não pára num vilarejo andaluz porque este cheira a alho. Um cidadão menos elegante lamenta que a sogra genovesa não consiga passar sem alho nos almoços que oferece toda semana.

2.

Raros, distantes, disputados objetos de desejo, as especiarias se transformavam em dinheiro. Impostos e direitos legais eram medidos e pagos em pimenta. Essa capacidade simbólica desencadeava cruzadas menos sangrentas, mas mais tenazes do que aquelas que deveriam libertar o Santo Sepulcro. À medida que os centros do poder político, no rastro das capitais do comércio, se deslocavam para o ocidente, caminhos cada vez mais intricados e aventurosos em busca de riqueza eram traçados com rapacidade sempre renovada. Assim, a rota da seda deu lugar à rota das especiarias, Cristóvão Colombo sucedeu Marco Polo, novos e belicosos impérios foram edificados sobre os sucessivos escombros de impérios anteriores. Franceses e ingleses corromperam ruínas holandesas, construídas, por sua vez, por portugueses. Elevadas e suntuosas arquiteturas da lei e da língua, tais impérios não se revelaram menos frágeis e perecíveis, nem sua natureza menos simbólica, do que a do papel-moeda, que passa de mão em mão como fofoca: a mera convertibilidade, sua única identidade.

(O cheiro de cravo e noz-moscada perfumava o vento que guiava as embarcações. Malabar, Málaca, Bengala, Colombo, Martaban, Batavia... nomes fascinantes de portos e fábricas prefiguraram os das ilhas de especiarias, as deliciosas Molucas: Ternata, Motir, Timor, Makian, Matchian...)

Se é verdade que o ouro americano que Colombo trouxe para o tesouro espanhol serviria para pagar as especiarias hindus descobertas por Vasco da Gama, o pimentão, principal contribuição do Novo Mundo para o paladar europeu, seria despojado de sua identidade americana ao ver o seu nome original desaparecer: latinizado em *pigmentum*, vulgarizado como pimenta espanhola, turca, indiana, de Calicut ou da Guiné, ocidente e oriente confundidos no nome dessas Índias, para as quais se achou um lugar no mapa muito depois de implantadas na imaginação que alimenta o desejo.

A conversação praticada no tráfico negreiro e no comércio de especiarias comunicou aos povos da África ocidental essa pimenta transatlântica, ainda hoje procurada por seus descendentes nos mercados de Belleville ou Ménilmontant: já não mais escravos, mas sim operários imigrantes na terra prometida do Mercado Comum Europeu, seus países não mais colônias, mas integrantes do Terceiro Mundo, ficção de estadistas e intelectuais ávidos por exportar tecnologia, diplomacia ou revolução, atentos apenas a esse esquivo aceno de aquiescência que a História costuma conferir demasiado tarde e nunca definitivamente.

Novos chefes, novos nomes. Sempre: descobrir, cobrir, encobrir.

3.

Lembro-me de como, de uma hora para a outra, no dia 18 de abril de 1974, entre as estações Tribunales e Callao do metrô de Buenos Aires, a fundamental hipocrisia de todas as operações ideológicas pareceu-me extremamente óbvia. Enquanto as chamadas sociedades capitalistas acalentam uma imagem idealista da História, que proteja a máquina social e suas crassas operações materiais das pouco lisonjeiras luzes da cena pública (a que aluno se ensinam os fundamentos dos negócios bancários ou da economia do lucro?), no chamado mundo socialista o materialismo foi entronizado como *fatum* filosófico só para impor a rígida moralidade de um evangelho proletário, com a História no papel de redentora e a igualdade, essa Idade de Ouro sem lustro, como duvidosa recompensa.

Também me lembro de que ao cair da noite no dia 13 de janeiro de 1967, em minha primeira visita a Berlim, fiquei emocionado ao reconhecer tantos nomes em néon: Bahnhof Zoo, Kurfürstendam, Marmorhaus, Fasanenstrasse, Kempinski. Davam-me as boas-vindas a uma ficção que minha memória havia criado sozinha, com trechos de Isherwood e Döblin. (Na manhã seguinte, veria pela primeira vez o Muro e o atravessaria em Checkpoint Charlie. Ainda não tinha estado em Kreuzberg nem ouvido uma palavra de turco.)

Ao chegar a Lehniner Platz assaltou-me um cheiro de cardamomo e de fritura não-identificável. Alguns homens, que não formavam um grupo, pareciam andar sem sair do lugar, encolhiam os ombros, esfregavam uma mão na outra, giravam em torno de um centro de luz e calor no meio da neve: foi o primeiro Schnell-Imbiss que vi, bem antes de familiarizar-me com os hoje onipresentes McDonald's, descartados tão logo conheci os Taco Rico de Nova Iorque. Estes ofereciam *gulasch* e *shaschlik*. Atraído por essa humilde encarnação de cozinhas e fonemas que em Buenos Aires se convertera em prestígio exótico, assim como por um esboço de sociabilidade (não menos contaminada de literatura) em meio ao desamparo urbano, ousei experimentar uma dessas *brochettes* de origem supostamente tártara, cuja popularidade, como as hordas de seus antepassados, se deteve em algum lugar da Europa central. "*Curry oder Senf?*" Uma volumosa senhora conservada, envolta em um avental manchado de vermelho e ocre, impeliu-me a escolher um dos molhos, fumegantes em tachos metálicos, esperando a imersão do espeto que trazia pedaços de cebola, pimentão e uma carne indefinida. "*Natur*", sugeri, mas sua réplica, curta e grossa, mais do que responder pareceu corroborar ao longo dos anos as convicções mais pessimistas de meu pai: "*Natur gibt's nicht. Curry oder Senf?*".

(1979)

"Até a vista!", disse o Barão com o ar de quem faz uma citação especialmente feliz.
Christopher Isherwood,
Mr. Norris changes trains

(Welcome to the 80's)

Ruppert Holmes está cantando *Him* e eu, de papel e lápis na mão, com mais de quarenta anos de idade, exatamente como fazia nos meus trezes anos, quando escutava Nat King Cole ou Johnny Ray, eu estou me esforçando ao máximo para numa taquigrafia desajeitada e pessoal tirar a letra da música. Nessa tarde inusitadamente quente de primavera, ela me parece indispensável.

Não me interessa se, como você anuncia, as profecias de Nostradamus se realizarão antes do previsto e o mundo acabará em vinte meses. Não me impressiona o fato de não ter de esperar pelo segundo milênio para poder gozar do espetáculo de novos cultos e multidões em pânico. Não me escandaliza que os minúsculos olhos de Wojtyla, aguados e, no entanto, tão duros, já tenham visto o apocalipse e saibam que só a África há de se salvar.

É bom estar em Madri. Estou feliz por descobrir que existe um rock andaluz e cada dia que passa adio minha volta a Paris. Dessa cidade indolente e benévola, que você gosta de chamar de o sub-Islã, quase me esqueço de que Barthes já nos deixou e Hitchcock também... Você diz que Henry Miller tampouco se animou nesta década. De repente, percebemos que Sartre estava vivo porque já não está mais... (Lembra-se? A *littérature engagée*, não denunciar o terror soviético para "não desesperar Billancourt", sempre correndo de manifesto em revolução, menos preocupada em pegar o trem da História do que em acreditar que nada existe — nem a Argélia, nem Cuba, nem o Vietnã —, sem a sanção da consciência intelectual do sexto *arrondissement*... Difícil acreditar que tudo isso foi ontem.)

Peço que você desligue um pouco a TV, que nos despeja imagens de refugiados intercambiáveis: vietnamitas na Indonésia, cambojanos na Tailândia, cubanos em Miami. Já faz dias que recuso ler os jornais, onde cotidianamente a solidariedade chinês-chilena vocifera tão alto quanto a cumplicidade soviético-argentina. Você me diz que vivemos a era pós-Freud e pós-Marx, e reconheço no seu discurso o tom com que na minha infância se falava do pós-guerra, isto é, de um espaço que se define por uma ausência, e não por um conteúdo ou desejo.

As guerras, porém, seja no conflito ou na incerteza, quase sempre terminam numa data precisa, fixada por acordo ou exaustão. Nós, ao contrário, passamos a perceber esse "pós" quando já estávamos totalmente imersos nele. E essa demora na percepção, quando a reconhecemos, nos paralisa mais do que a identificação imediata do novo espaço em que sobrevivemos. Nenhum meteoro luminoso em chamas. A água não ficou preta, nem as árvores viraram cinzas. Nenhum sétimo selo desencadeou prodígios e terrores.

Se olhamos para trás agora, reconhecemos signos anunciadores, cenas eloqüentes, gestos em que se decifra uma agonia incerta. No entanto, nenhum deles é definitivo. Mais do que um corte, houve uma diluição. Mais do que uma derrota, um desvanecimento. Sempre: a humilhante sensação de termos estado cegos para a revelação, embora a olhássemos de frente.

(Cegos justamente porque a encarávamos? Ofuscados como pela luz de estrelas mortas, marca de uma vida pretérita que impensáveis distâncias astrais preservam, como a imagem gravada e projetada do cinematógrafo?)

Aqueles que investiram um modesto capital intelectual na especulação ideológica fingem que nada aconteceu. Talvez estejam esperando algum (inadmissível, não admitido) retorno cíclico que lhes garanta a dignidade do profeta e não a graça farsesca do vigarista ludibriado. Outros, menos ingênuos, se esforçam para se desvencilhar de qualquer evidência comprometedora; reivindicam uma ambigüidade sintática ocasional como prova de sua heterodoxia, um erro de impressão como testemunha de seu humor irreverente, e sem se rebaixar à autocrítica, improvisam a continuação de um discurso revisionista que nunca iniciaram.

Não importa quão divertido seja o espetáculo do oportunismo, continuamos inquietos — o ar que respiramos não é tão limpo quanto havíamos esperado. Talvez porque a ausência de (uma forma de) mentira não suponha o domínio de (alguma forma de) verdade. Os que na era de Freud e Marx preferiram fazer de sua palavra instrumento e não sistema, liberdade individual e não lei, hoje se divertem bem menos do que haviam imaginado frente à rebeldia da realidade em se deixar interpretar pela palavra daqueles mestres.

Certo: melhor o desamparo, a intempérie, do que uma política de consciências limpas, a justiça invocada para impor a uniformidade, a saúde erigida em critério moral. Mas atrás de tantas cidades de Potemkin que alentaram as sofridas estepes deste século, pulsava, por mais incipiente ou desorientada, alguma forma de impulso ético. Hoje, o cenário ficou sem disputa para aqueles que nunca abandonaram o poder, unidos ainda mais na solidariedade da repressão. Àqueles que se gabavam do sentimento de estarem mais alerta, de serem menos ingênuos por terem percebido razões encobertas (o outro lado da tela, a infra-estrutura, o reprimido: metáforas de origem díspar, mas igualmente desvalorizadas, baseadas todas na ilusão de superfície e profundidade), a realidade deu de ombros com uma gargalhada cordial e uma ponta de piedade no olhar. Mas só agora é que você percebe?, ela parece sussurrar. Só agora você vê que para os vencedores da História nunca houve dúvida? Que hoje, e como sempre, talvez com a diferença de que hoje seja explícito, não haja mais pudor, o único diálogo possível acontece entre dinheiro e dinheiro, força e força, poder e poder?

"No one is gonna get it for free", entoa Rupert Holmes. Nossos olhos se encontram e nos pomos a rir. Já está refrescando. Em uma hora ou duas poderemos nos lançar na noite.

(1980)

A town of such indulgence need not fear
Those mortal sins by which the strong are killed
And limbs and governments are torn to pieces:
Religious clocks will strike, the childish vices
Will safeguard the low virtues of the child,
And nothing serious can happen here.*
                                    W.H. Auden,
                                    "Macao"

Não encontrarás terra nova, outro mar.
A cidade te seguirá...
                                    C.P. Cavafy,
                                    "A cidade"

---

*) [Cidade tão indulgente não deve temer / Pecados mortais que aniquilam poderosos, / E destroçam membros e governos: / Sinos religiosos dobrarão; vícios pueris / Resguardarão as baixas virtudes da infância; / E nada grave pode acontecer aqui. W.H. Auden, "Macau", cap. V, *Uma viagem*]

(One for the Road)

Hoje estou com vontade de escrever sobre Buenos Aires.

A saga de fortunas dissipadas se alimenta dos equívocos da História. Quando vi a Ponte Alexandre III pela primeira vez, não era de bom tom apreciá-la, mas eu, muito antes de que caísse no gosto de todos, já havia me afeiçoado a ela. Não a via somente como um parente menos arrogante, mais elegante, do Grand Palais e do Petit Palais. Seus festões dourados, suas majestosas matronas e seus pomposos *putti* eram para mim algo mais do que encantadores vestígios da Exposição Universal de 1900: sempre me pareceu que presidiam, desde os seus verdes e cinzas enferrujados, uma assembléia fantasmagórica de portadores de bônus russos. Um bando de ávidos burgueses, entorpecido pela lendária extensão e pela riqueza visível de um império capaz de presentear, naquela ocasião cosmopolita, a cidade de Paris com um monumento perene, subscreveu uma emissão de bônus lançada pela potência amiga e magnânima. Mas a ponte não era ornamental e sólida ao mesmo tempo?

O governo soviético, é claro, declinou firmemente respeitar as obrigações de um regime que havia abolido. Os subscritores originais, mais tarde seus filhos, e mais recentemente uma quantidade cada vez menor de seus netos, renovam cada tantos anos sua demanda ante a Corte Internacional de Justiça de Haia. Em 1978, num delapidado *appartement bourgeois* de Passy, descobri aqueles bônus originais, que decoravam como um papel de parede desbotado o quarto das crianças, alimentando provavelmente com sua minúscula tipografia administrativa algum maléfico e noturno reino de fadas.

Imaginava Manaus como um labirinto de mansões deterioradas e avenidas arruinadas com uma arrogante catedral no centro. Com grande freqüência visualizava aquele altivo teatro de ópera, o neoclássico Teatro Amazonas, amarelo e branco, onde Caruso cantou em sua noite de estréia: as molduras originais agora já rústicas devido às lascas e rachaduras, seus veludos deteriorados e bordados de fungos e umidade, ervas daninhas da selva insinuando-se nos camarotes, e um palco decorado de lianas esperando indolentemente por uma partitura inédita ou ocasionalmente visitado por uma cobra coral que irrompia do fosso da orquestra.

E não teria sido a própria cidade que se submetera como um palco condescendente à cobiça de alguns ricos brasileiros? Enriquecida com o *boom* da borracha que mal sobreviveu à Primeira Guerra Mundial, sua intrépida classe governante contou com a ajuda excepcional da natureza para viver à altura de seus personagens imaginários: não era o Amazonas a única rota de transporte viável? Não era impossível chegar ao Rio de Janeiro pela selva? Não era mais fácil, uma vez no Atlântico, navegar em direção ao nordeste para Marselha ou Gênova, ou mesmo para Southampton ou Le Havre, do que se aventurar no sul, costeando o obeso continente?

Assim, a lavagem a seco se realizaria em algum lugar do Mediterrâneo, enquanto alfaiates e camiseiros britânicos subiriam o rio para tirar as medidas de roupas encomendadas, que meses mais tarde chegariam por correio. Como uma benévola fada-madrinha, uma corporação, também britânica, construiu um cais de pedra impressionante, amplos depósitos e — o mais espetacular de tudo — plataformas flutuantes que acompanhariam as imprevisíveis altas e baixas das águas do rio... Quando a guerra eclodiu, amostras de borracha foram transplantadas para suas colônias malaias, onde, sob administração imperial, haveriam de crescer com saúde e critério e dar muito lucro: seriam transportadas e comercializadas no mundo inteiro a preços de *dumping*, arruinando assim a economia brasileira.

Já sei que hoje Manaus renasceu como uma próspera capital de Estado, mas sua universidade ou a Rodovia Transamazônica me seduzem menos do que as visões de uma decadência adormecida, interminável, que meu pai registrou em 1934. Quinze anos mais tarde, escutaria suas histórias com o mesmo encanto despertado por suas memórias de visitas anteriores a Punta Arenas: então o destino final dos barcos que partiam de Trieste e de um longínquo posto avançado do comércio austro-húngaro. Seus suntuosos hotéis, suas lojas extravagantes, seus bordéis dignos da Europa central, foram fulminados pela abertura do canal do Panamá, que surgiu para monopolizar a parte principal das travessias entre o Atlântico e o Pacífico. Aquelas distrações foram se esvanecendo com o boato cada vez mais frágil de um porto livre na Patagônia, que raras vezes honrava o tráfego internacional. Por volta de 1931, segundo o relato de meu pai, a torta Sacher que lhe serviram no Grand Hotel estava rança, e várias índias chilotes já haviam sido admitidas entre as pupilas de Madame Crepusculescu.

E o que dizer de Trieste, vacilante entre fronteiras obscuras quando o império que sustentou seu esplendor comercial se desintegrou em esperançosas democracias de curtíssima existência? E quanto à Alexandria e sua miscigenação poliglota de minorias avaras, que seria dispersada pelo renascimento islâmico? Estão no mapa, eu sei, e, talvez, entre recém-construídos conjuntos habitacionais e uma população totalmente indígena, tenha subsistido um vestígio da velha e voraz cidade. Para mim, de qualquer modo, sua importância territorial encolheu-se irremediavelmente. Permanecem como cidades da imaginação: seus cartógrafos se chamam Svevo, Saba, Cavafy.

Gosto de por trás do esplendor das grandes capitais detectar uma cidade-fantasma lutando para sobreviver. Busco nas fachadas não tanto vitrines extravagantes e iluminações deslumbrantes, mas sim as manchas de umidade, a rachadura ameaçadora, o rastro do deserto soterrado. Objetivo: ver na presença afirmativa a sombra iminente. Não fosse por uma devoção tenaz aos portos, Roma seria a minha cidade, no mínimo porque foi capaz de criar um *modus vivendi* entre as suas ruínas. Ali, mortos e vivos aperfeiçoaram uma indiferença mútua durante séculos de intercâmbio diário. Suas riquezas são fragmentos de um despotismo efêmero e sempre renovado, migalhas de um orgulho desvalorizado; antes da loucura predicante de Mussolini, compunham um cenário acidental onde a vida fluía candidamente: arqueólogo e puta atuavam lado a lado, indiferentes um ao outro.

Acho natural que os portos se virem de costas para os países que devem servir. As mercadorias importadas chegam impregnadas de uma magia cuja trivialidade dissimula sua força: a de idiomas estrangeiros e costumes distantes. As exportações que pagam por elas são outras tantas mensagens engarrafadas que se lançam ao mar, ansiosas por uma resposta inesperada, pela mera possibilidade.

Nomes mágicos: Lloyd Triestino, Compagnie d'Assurance de Trieste et de Venise, Banque de Shangai et de Hong Kong...

Reprimi durante anos uma paixão culpada por essa literatura dúbia do comércio. Mais tarde passei a aceitá-la como uma digressão inocente do cânon marxista. Hoje estou com vontade de escrever sobre Buenos Aires.

(1978)

*Freedom is just another name
For nothing left to lose.**
Kris Kristofferson,
"Me and Bobby McGee"

---

*[Liberdade é apenas outra forma de dizer / Para não há nada a perder.]

Nota

Assim como um cartão-postal capta e reproduz o aspecto mais típico de uma paisagem, um monumento, ou um rosto, estes textos pretendem fabricar imagens públicas e comuns, um déjà vu *que possa diluir o demasiado subjetivo numa sensibilidade e experiência individual.*

As citações que ligam e separam os cartões-postais são resíduos de leitura, um hábito que cada vez menos considero fundamentalmente diferente da escrita. A esses objetos achados, à palavra escrita por outra pessoa, confiei a continuidade de minha palavra escrita: iluminação, brutal ou pérfida, do texto que se acaba de ler e daquele que virá.

Escrevi estes cartões-postais em inglês, um "inglês de estrangeiro" que logo traduzi para o espanhol, minha língua materna. Preferi fazer assim movido menos por razões autobiográficas, que fizeram do idioma inglês a minha língua literária, do imaginário, do que pelo desejo de apagar a noção de original, para que certos estilos encontrados no ato de traduzir fossem logo incorporados na língua traduzida, até que o próprio original se tornasse, ele também, tradução.

Quero, por fim, acrescentar que se o lugar onde nascemos é do domínio do pai (pátria) e a língua que falamos, do domínio da mãe (língua materna), nesses exercícios de escrita, leitura e tradução, que se confrontam nos espelhos deformadores de vários idiomas, a fala do exilado (ou o exílio de que se fala) diz respeito ao filho.

Edgardo Cozarinsky

SOBRE O AUTOR

Edgardo Cozarinsky é escritor e cineasta. Nasceu em Buenos Aires em 1939 e vive em Paris desde 1974. Publicou *El laberinto de la apariencia* (1964), um ensaio sobre Henry James e depois *Borges y el cine* (1974), publicado no Brasil por esta editora com o título *Borges em /e / sobre cinema* (2000). Em 1973 compartilhou com José Bianco o prêmio *La Nación* com seu ensaio "Sobre algo indefendible" e depois *El relato indefendible* em sua versão ampliada de 1979. Em 1985 publicou *Vodu urbano*. Em 2001, publicou na Argentina o livro de ensaios *El pase del testigo e La novia de Odessa* (contos) com enorme sucesso de crítica, sendo traduzido e publicado recentemente na Inglaterra e França.

Seus filmes têm sido aclamados pelo jogo sutil entre documentário e ficção. Entre eles temos *Puntos suspensivos* (1971), *La guerre d'um seul homme* (1981) e *Le violon de Rothschild* (1996). Em 2000, o Festival de Cine Independiente de Buenos Aires organizou uma mostra especial de sua filmografia.

Este livro foi composto em Times e Arial pela *Iluminuras*, com filmes de capa produzidos pela *Fast Film Pré-Impressão* e terminou de ser impresso no dia 3 de outubro de 2005 na *Associação Palas Athena*, em São Paulo, SP.